文春文庫

旅《たび》立《だち》ノ朝《あした》

居眠り磐音（五十一）決定版

佐伯泰英

文藝春秋

目次

「居眠り磐音」

主な登場人物

坂崎《さかざき》磐音《いわね》
元豊後関前藩士の浪人。直心影流の達人。尚武館道場を神保小路に再興した。

おこん
磐音の妻。磐音が暮らした長屋の大家・金兵衛の娘。今津屋の奥向き女中だった。磐音の嫡男・空也《くうや》と娘の睦月《むつき》を生す。

今津屋《いまづや》吉右衛門《きちえもん》
両国西広小路の両替商の主人。お佐紀《さき》と再婚、一太郎らが生まれた。

由蔵《よしぞう》
今津屋の老分番頭。

佐々木《ささき》玲圓《れいえん》
磐音の師で義父。内儀のおえいとともに自裁。

速水《はやみ》左近《さこん》
将軍の御側御用取次。玲圓の剣友。おこんの養父。

松平《まつだいら》辰平《たつぺい》
尚武館道場の元住み込み門弟。福岡藩に仕官。妻はお杏《きょう》。

重富《しげとみ》利次郎《としじろう》
尚武館道場の元住み込み門弟。霧子を娶る。関前藩の剣術指南方。

霧《きり》子《こ》　雑賀衆の女忍び。尚武館道場に身を寄せ、磐音を助けた。

弥《や》助《すけ》　磐音に仕える密偵。元公儀御庭番衆。

小《お》田《だ》平《へい》助《すけ》　槍折れの達人。尚武館道場の客分として長屋に住む。

品《しな》川《がわ》柳《りゅう》次《じ》郎《ろう》　北割下水の拝領屋敷に住む貧乏御家人。母は幾代《いくよ》。お有《ゆう》を妻に迎えた。

竹《たけ》村《むら》武《ぶ》左《ざ》衛《え》門《もん》　陸奥磐城平藩下屋敷の門番。妻は勢津《せつ》。早苗など四人の子がいる。

桂《かつら》川《がわ》甫《ほ》周《しゅう》国《くに》瑞《あきら》　幕府御典医。将軍の脈を診る桂川家の四代目。妻は桜子。

笹《ささ》塚《づか》孫《まご》一《いち》　南町奉行所の年番方与力。

中《なか》居《い》半《はん》蔵《ぞう》　豊後関前藩の江戸藩邸の留守居役兼用人。

徳《とく》川《がわ》家《いえ》基《もと》　将軍家の世嗣。西の丸の主。十八歳で死去。

小《こ》林《ばやし》奈《な》緒《お》　磐音の幼馴染みで元許婚《いいなずけ》だったが、吉原で花魁《おいらん》・白鶴《はつかく》となる。山形の紅花商人に落籍されたが、夫の死後、三人の子と関前へ戻る。

坂《さか》崎《ざき》正《まさ》睦《よし》　磐音の実父。豊後関前藩の藩主福坂実高《ふくさかさねたか》のもと、国家老を務める。

田《た》沼《ぬま》意《おき》次《つぐ》　元幕府老中。嫡男・意知《おきとも》は若年寄を務めた。

『居眠り磐音』豊後関前藩地図
阿蘇越え
須崎川
町屋
取水口
雲母橋
土橋
九十九川
乗晋寺
畑
旅籠町
中戸道場
町屋
河端町
（遊里）
町屋
広小路御北町
武家地
商家
見返橋
撞木町
（遊里）
職人町
須崎町
（遊里）
田
臼杵口番所
町屋
中津屋
漁師町
町屋
一石橋
松風屋
須崎浜
風浦湊
船着場
臼杵道
水門
釜屋の浜
泰然寺
風待湊
雄美岬
地図原案
佐伯泰英

西
西屋敷町
旧河出宅
旧小林宅
町屋
屋敷小路
西大道
横手通り
百姓地
新町
新町筋
諸星道場
井筒宅
広小路御南町
武家地
関前広小路
商家
馬場
香川宅
東宅
白土宅
目付屋敷
(俗)堀の内
御番ノ辻
上方屋
南
日向道番所
組屋敷
小曲がり小路
鍵曲がり小路
関前神社
暗渠
御船手役所
寺町
旧坂崎宅
御馬場
大手橋
日向道
浜奉行役宅
岩浜
浜屋敷
養全寺
大照院
宋道院
水門
大手門
坂崎宅
西の丸
本丸
白鶴城
魚島
猿多岬
翠心寺
埋門
東

『居眠り磐音』江戸地図

新吉原
尚武館坂崎道場
東叡山 寛永寺
山谷堀
竹屋ノ渡し
向島
忍ケ岡
上野
下谷車坂町
浅草
待乳山聖天社
三囲稲荷
不忍池
浅草寺
今戸橋
花川戸町
下谷広小路
新寺町通り
新堀川
田原町
常泉寺
小梅村
源森川
安藤家下屋敷
吾妻橋
業平橋
御厩河岸ノ渡し
品川家
十間川
首尾の松
北割下水
今津屋
吉岡町
本所
法恩寺橋
和泉橋
天神橋
新シ橋
浅草御門
石原橋
柳原土手
両国橋
南割下水
金的銀的
入江町
横川
小伝馬町
回向院
竪川
松井橋
薬研堀
大川
浮世小路
鰻処宮戸川
六間堀
若狭屋
魚河岸
猿子橋
新高橋
日本橋川
新大橋
小名木川
日本橋
万年橋
鎧ノ渡し
霊巌寺
深川
永久橋
亀島橋
佐賀町
金兵衛長屋
砂村新田
楓川
八丁堀
霊岸島
永代橋
仙台堀
永代寺
鉄砲洲
富岡八幡宮
堺橋
佃島
越中島

護国寺
中山道
日光御成街道
面影橋
小石川
伝通院
本郷
下谷茅町
石切橋
牛込
豊後関前藩上屋敷
湯島天神
水道橋
神田川
神田明神
牛込御門
稲荷小路
表猿楽町
尚武館道場
駿河台
筋違橋御門
昌平橋
田安御門
市谷八幡宮
九段坂
神保小路
俎橋
雉子橋
内藤新宿
四谷大木戸
市谷御門
一橋御門
千鳥ヶ淵
鎌倉河岸
善国寺谷通
麹町
四谷
江戸城
神田橋
四谷御門
本丸
大手御門
半蔵御門
一石橋
西の丸
道灌堀
平川天満宮
紀尾井坂
和田倉御門
呉服町
赤坂御門
馬場先御門
鍛冶橋御門
南町奉行所
京橋
清水谷
溜池
数寄屋橋御門
三十間堀川
氷川明神
木挽橋
原宿
愛宕権現
芝口橋
木挽町
長谷寺
増上寺
芝
宝泉寺
麻布広尾町
赤羽橋
麻布村

旅立ノ朝

居眠り磐音（五十一）決定版

第一章　見舞い

一

豊後《ぶんご》国関前《せきまえ》の風浦湊《かぜうらみなと》に一隻《せき》の帆船がゆっくりと接近していた。

寛政《かんせい》七年（一七九五）仲夏《ちゅうか》のことだ。

豊後と伊予《いよ》の国を分かつ水道の向こうに関前領内の山並みが迫り、二つの岬に囲まれた内海に天守閣が小さく見えていた。

「白鶴城《はっかくじょう》ですか」

空也《くうや》が磐音《いわね》に訊いた。

「そうじゃ、関前領の城じゃ」

「お城が海に浮かんでいるようです」

と睦月《むつき》が感嘆し、

「懐《なつ》かしいわ」

とおこんが応じた。

関前の内海は、北に位置する雄美《ゆうび》岬《さき》と南の猿多《さるた》岬《さき》が両腕を差し伸べるように突き出し、その真ん中に白鶴城を浮かべる岩場が内海を二つに分けていた。雲一つない真っ青な夏空の下、白鶴城はその優美な全容をだんだんと見せてきた。

帆船は、関前藩の海産物をはじめとした特産物を上方《かみがた》や江戸に運んで販売、交易するために供された藩物産所が所有する一隻、新造の豊後《ぶんご》丸《まる》だ。

関前と上方、江戸を定期的に往来するため、帆船として和船にはない工夫がされていた。

基本は一枚帆だが、三角の補助帆の弥帆《やほ》を設《しつら》え、主帆の前後に広げて少しでも風を拾い、また航海の安定性を保つように張ることができた。さらには舵《かじ》を固定式にして操舵性を高めていた。これらの造船技術は長崎に到来するオランダの帆船を見倣《みなら》ったものだ。

平たく張られた主甲板は水密性が高く、二か所に荷の出し入れ口を設けていた。荷を積み込んで蓋《ふた》をすれば、甲板を波が洗っても船内には浸水しない仕組みであり、船倉も隔壁で仕切られていた。

江戸から関前に戻る豊後丸には、主船頭以下水夫《かこ》らのほかに客が乗っていた。

坂崎《さかざき》磐音、おこん、空也、そして睦月の四人だ。

江戸を出た折りは六人であったが、そのうちの二人が豊後臼杵《うすき》藩領内の湊で密《ひそ》かに船を離れていた。

金兵衛《きんべえ》が大往生を遂げて三回忌をどうするかと考えはじめた頃、中居《なかい》半蔵《はんぞう》から知らせが入った。

坂崎正睦《まさよし》が再び床に臥《ふ》せっているという。しかも病状は決して楽観を許すものではなく、藩主の福坂実高《ふくさかさねたか》も案じておるゆえ、関前に見舞いに戻れ、という中居半蔵の強い要望だった。

磐音は、神保小路《じんぼうこうじ》尚武館《しょうぶかん》道場の運営が落ち着いたこともあり、速水《はやみ》左近《さこん》や依田《よだ》鐘四郎《かねしろう》らと相談の上、一家を伴い関前に帰郷することを決意した。

折りしも江戸には、荷積みを終えた豊後丸がいた。

そのようなわけで磐音らは豊後丸に慌《あわ》ただしくも乗船して、関前に到着したところだった。

おこんにとっては、十八年ぶりの関前訪問であった。一方、十六歳の空也と十三歳の睦月は初めての関前訪《おとな》いである。

　豊後丸は縮帆し、ゆっくりと白鶴城下にある風浦湊に接近していった。すると夏の陽射《ひざ》しの下、江戸から到着する船を湊で大勢の人々が待ち受けている姿が豊後丸から見えた。

「照埜《てるの》様が迎えに来ておられます」

　おこんが姑《しゅうとめ》の姿を認めて磐音に言った。

　磐音は黙って出迎えの人々に一礼した。一見元気そうな照埜のかたわらには、坂崎家の跡継ぎ遼次郎《りょうじろう》がいて、女性と三人の子が従っていた。さらに妹の伊代《いよ》とその夫で旗奉行を務める井筒源太郎《いづつげんたろう》、さらにその二人の子、源一郎《げんいちろう》と未代《みよ》と思《おぼ》しき姿もあった。

　磐音は母親の顔を見て、病の床にある正睦が未だ頑張っていることを察し、少しばかり安堵《あんど》した。

　遼次郎のかたわらの女性は嫁のお英《えい》だろう。

「きっと遼太郎《りょうたろう》さんに萩埜《はぎの》さんに正次郎《しょうじろう》さんです」

　睦月が初めて会う三人の従弟妹《いとこ》たちに手を振った。

　坂崎家に養子に入った遼次郎も、苦渋の決断を迫られた。

江戸勤番にあった折り、遼次郎は小梅村の尚武館道場時代に知り合ったきえな る娘と将来を約していた。だが遼次郎が坂崎家を継ぐべく国許《くにもと》に戻ることになっ たとき、きえの家が、江戸から遠く離れた豊後国関前に嫁に出すことに難色を示 したのである。遼次郎はだれにも相談することなく、きえとの別れを決意した。

それから四年後に実家の井筒家の親類筋、従妹のお英と夫婦になった。

出迎えの人の中に、すっかり関前藩士となった重富利次郎《しげとみとしじろう》と霧子《きりこ》夫婦の姿があ った。

「霧子さーん」

空也が霧子に手を振った。それに気付いた霧子が手を振り返した。空也と霧子 には、

「秘密の約束」

があったが、それは未だ果たされていなかった。二人の故郷ともいうべき雑賀《さいか》 衆姥捨《しゅうばすて》の郷《さと》を訪ねることだ。

大勢の出迎えの群れに駆け寄る四人がいた。

最上紅前田屋《もがみべにまえだや》の奈緒《なお》、亀之助《きのすけ》、鶴次郎《つるじろう》、お紅《こう》の一家だ。

奈緒は、二年前になんとか満足できる関前紅花の栽培に成功し、紅餅《べにもち》を造って、

関前藩の物産の一つとして江戸の紅染やに売り始めていた。むろん最上紅花の品質には劣るが、関前紅特有の染色が、

「淡くて風合いがいい」

と江戸の染職人に支持された。

そのようなわけで奈緒一家は、須崎川《すさきがわ》の上流花咲山《はなさきやま》の麓《ふもと》の花咲の郷に一家を構え、紅花栽培と紅餅造りを豊後の女衆《おんなし》に教えていた。

豊後丸が風浦湊の船着場に舫《もや》い綱を繋《つな》いで停船した。

「ああ、長い船旅だったわ」

近頃急に娘らしくなった睦月が思わず洩《も》らした。

「睦月、主船頭どのが、かように順調なことは滅多にないと申されるほどの船旅であったのじゃぞ。風に恵まれ、快適な旅であったわ」

磐音が答えたとき、どこからともなく船の到着を見詰める人々の中に敵意の籠った、

「眼」

があることを感じ取った。

(父上の見舞いに参ったのじゃがな)

胸中で言い訳するように呟《つぶや》き、雄美岬の付け根にある白萩《しらはぎ》の寺、泰然寺《たいぜんじ》をちらりと見た。

下船の仕度が始まった。

磐音は、おこんら三人を伴い、操舵場の主船頭、関前藩の船奉行支配下の小倉《おぐら》長吉《ちょうきち》に、

「お蔭《かげ》さまにて快適な船旅でござった。礼を申します」

と言葉をかけた。

「坂崎様、前回の折りも水夫として坂崎様とおこん様をお乗せしましたが、こたびもご一家をお世話できて嬉《うれ》しゅうございました。国家老様の病が回復することを船乗り一同祈念しております」

「船頭どの、お世話になりました」

空也が小倉に声をかけると、

「空也様。空也様は間違いなくお父上の立派な跡継ぎになられますよ。船の中であれほど剣術の稽古《けいこ》をなした藩士は、だれ一人としておりません。直心影《じきしんかげ》流尚武館道場は、上様お認めの御用道場です。その跡継ぎの稽古を操舵場から毎日見せてもろうて眼福《がんぷく》にございました」

と反対に礼を言われた。

「有難うございます」

一礼した空也はこの二年で二寸も背丈が伸び、六尺に届くまでになっていた。

磐音は小倉長吉の片腕として舵方を務めていた五十次《いそじ》に視線を向け、

「五十次、よう修業したな。お蔭で楽しい船旅であった」

と礼を述べた。

五十次は、田沼意次《たぬまおきつぐ》の愛妾《あいしょう》おすなの実弟だ。やくざな遊び人だった五十次の罪を許し、関前の所蔵帆船明和《めいわ》三丸《さんまる》に乗せたのは磐音だ。

あれから十年以上の歳月が過ぎ、五十次は関前藩の所蔵船になくてはならない舵方になっていた。

五十次が磐音の眼を見て一礼した。無言の一礼に思いの丈が込められていた。

かたわらから長吉の、

「おこん様、睦月様、関前の滞在を楽しんでくだされよ」

との言葉に送られて磐音らは、船着場へと渡された船板を伝って下りた。

「未だふらふらするわ」

睦月が船着場の床を踏みしめた。

「船旅はどうでした、睦月さん」

十四歳になって奈緒そっくりの美形になったお紅が、睦月のもとへと飛んできた。亀之助も鶴次郎も眩《まぶ》しそうに睦月を見て、空也に眼を移し、

「空也さん、すっかり侍になっちまったぞ」

と驚きの顔を見せた。

「同じ十六でも遊んでばかりの鶴次郎とは違います。ふだんからの心がけの違いです」

奈緒が空也を見て、遠い昔を懐かしむような眼差《まなざ》しをした。それを見たお紅が、

「母様《かかさま》、空也様は磐音様の若い頃にそっくりですか」

と尋ねた。

「ふっふっふふ」

と笑った奈緒が、

「いえ、空也様のほうが一段と凜々《りり》しゅうございます。いかがでございますか、照埜様」

とかたわらに寄ってきた照埜に話を振った。

「奈緒さんの見立てどおりです。磐音は武骨な顔でしたが、空也はおこんさんの

顔立ちに似ておられる。断然凜々しいですよ」

照埜の返事に奈緒が声を出して笑った。

磐音は大勢の出迎えの人々に挨拶《あいさつ》をしていた。その中には、かつて関前藩江戸藩邸物産所に勤務していた別府伝之丈《べっぷでんのじょう》の姿もあった。伝之丈は安永《あんえい》七年（一七七八）に国許へ戻り、物頭《ものがしら》を務めていた。

出迎えの中には見覚えのない関前藩士も多くいたが、磐音を知る者たちは却って遠慮し、挨拶の時が来るのを待っていた。

そんな中、磐音に近付き、自ら名乗りを上げたのが中老の伊鶴儀登左衛門《いつるぎとうざえもん》だった。

「坂崎磐音どのにござるか。それがし、中老を務める伊鶴儀にござる」

四十半ばの伊鶴儀は、傲慢《ごうまん》な言動、挙措であった。

「おお、伊鶴儀どのにございましたか。父があのような仕儀にて中老方には迷惑をおかけしており申す」

「なんのなんの、坂崎正睦様はわが関前藩の中興の祖にして、実高様の信頼厚き国家老、いつまでも藩政を指導してもらわねば困ります」

如才《じょさい》ない言葉であったが、顔に真《まこと》が感じられないと磐音は思った。額が狭く両眼が細いその表情に狷介固陋《けんかいころう》の質が窺《うかが》えた。

江戸で中居半蔵から伊鶴儀登左衛門についての経歴と人柄を聞いていた。

伊鶴儀は元々在番所徒士《かち》で、身分は関前藩の中でも低かった。

それが十八年前、領内巡察に出た国家老坂崎正睦の目に留まり、城下に連れて来られ、藩物産所に出仕することになった。この藩物産所内で頭角を現した伊鶴儀は異例の出世を重ね、国家老付の勘定方に就《つ》いた。それが十三年前のことであったという。

さらに十年ほど前から正睦の体調がすぐれないことが多くなり、病に臥せったときは、伊鶴儀が正睦の屋敷に出向いて、正睦の言葉を藩士に伝えた。将軍と老中を仲介する御側御用取次《おそばごようとりつぎ》が上様の言葉を代弁して絶大な権力を持ったように、伊鶴儀の言動が関前藩を左右するまでになっていた。

「四年前か、国家老が幾月か登城できぬ折りに、伊鶴儀は藩物産所の実権を握り、城中で隠然たる力を持つようになってのう。近頃では中老組などと称して徒党を組んで藩政を壟断《ろうだん》しておる」

中居半蔵が苦々しく吐き捨て、

「一言で申せば成り上がり者、武士の矜持《きょうじ》など一切持ち合わせておらぬ」

と言い切ったことを磐音は思い出していた。

そのとき、なぜ父がかような人物を引き立てたか、老いて眼が眩《くら》んだのであろうかと磐音は考えた。

「こたびはご家老の病気見舞いにございますかな」

伊鶴儀が磐音に質《ただ》した。

「いかにもさよう。殿のお許しを得て父の見舞いに一家で参りました。ご迷惑とは存ずるが大目に見てくだされ。それともう一つ」

「もう一つ、何用にござるか」

磐音の言葉に、伊鶴儀が素早く反応した。

「明和《めいわ》九年（一七七二）に亡くなった友、河出《かわで》慎之輔《しんのすけ》、舞《まい》夫婦と小林琴平《こばやしきんぺい》の墓参をしたく存ずる」

「明和九年に騒ぎを起こし、家を取り潰《つぶ》された者どもの墓参りにござるか」

「なんぞ差し障《さわ》りがございますかな」

「河出慎之輔は、噂《うわさ》に惑わされて妻女を手討ちにし、舞の兄である小林琴平は河出を斬《き》り殺した。なんとも武家にあるまじき所業でござったな」

伊鶴儀の声は当然奈緒らの耳にも届いていた。

「伊鶴儀どの、遠い昔の騒ぎにござるが、真実が伝わっておらぬように思える。藩政を壟断する一味の犠牲になったのが河出慎之輔、小林琴平でござった。殿もご承知ゆえ、琴平の妹の奈緒どのを関前領内に住まわせ、紅花栽培を許しておられる。いや、藩が奈緒どのの力を借りておると言うたほうがよいか」

「一概には責められぬと申されるか」

「両家が取り潰しに遭《お》うたことで、二人はすでに十分に責めを負うておりましょう」

磐音の言葉を聞いた伊鶴儀登左衛門がしばし沈黙したのち、声を潜めて言った。およそ初対面の相手に、それも表で話すべきことではなかった。

「坂崎磐音どのはその折り、小林琴平を上意討ちなされた。こたびの関前入りにもなんぞ隠された命《めい》があるのではないかな」

「隠された命とはなんでございましょうな」

磐音が反論した。

二人の周りだけ人が寄らず、ぴりぴりとした緊張感が漂っていた。

「いや、城下に流れる風聞にござるが、坂崎磐音どのは国家老坂崎正睦様の跡目を継ぐために関前に帰国なされたという噂が流れておる」

磐音が笑った。正直、

（この者、この程度の男か）

という気持ちだった。となると父正睦の伊鶴儀登用は、判断違いと言わざるを得なかった。

「伊鶴儀どの、根も葉もない風聞にござる。それがしが関前を離れ、江戸に出て二十数年の歳月が流れ申した。坂崎家の跡目は、あれにおる坂崎遼次郎です。それがしは坂崎家とさような関わりはござらぬ」

「そうであろうか。江戸藩邸ではしばしば坂崎どのが殿に呼ばれて、藩政について相談を受けておるとの話がある」

「伊鶴儀どの、そなた、参勤にて江戸に上がられたことはござらぬか」

「それがし、関前の在所育ちにござってな。これまで江戸は知らずに過ごして参った」

「ならば、次の機会に江戸にお上がりなされ。さすれば坂崎磐音が江戸でどのような暮らしを立てているか、お分かりになりましょう」

「そなた、国家老どのの跡目は継がれぬな」

「伊鶴儀どの、さようなことは藩主福坂実高様がお決めになることでござろう。

中老どのとは申せ、表で口にする話ではござらぬ」

磐音が思い余って諫言《かんげん》した。

「その言葉、とくと聞き申した」

と言い残した伊鶴儀が、すいっと磐音のそばを離れて、藩物産所のほうへと向かった。すると数人の家臣がそれに従うのが見えた。

磐音がその背を見送っていると、遼次郎が寄ってきた。

「義兄上《あにうえ》、屋敷に参りましょう。養父上《ちちうえ》が首を長うして待っておられます」

と磐音に声をかけた。

「遼次郎どの、われら、そなたの祝言《しゅうげん》にも参っておらぬ。まずは嫁のお英どの、三人のお子を紹介してくれぬか」

磐音が願い、遼次郎が皆を呼んだ。

磐音はお英と会った記憶がなかった。実直そうな顔立ちで、姑の照埜ともうまくいっていることを照埜や遼次郎からの文で承知していた。

「義兄上様、英にございます。お初にお目にかかります」

と挨拶したお英が照埜のかたわらに寄り添った三人の子、八歳の長男遼太郎、七歳の長女萩埜、五歳の次男正次郎を次々に紹介した。

「坂崎磐音にござる。父と母を遼次郎どのやそなたに任せきりにして申し訳なく思うております」

と詫《わ》びる磐音に、

「いえ、そのようなこと、私ども小指の先ほども考えておりませぬ。それに奈緒様や霧子さんと知り合うことができたのも、義兄上がおられればこそと、感謝申し上げております。すでにおこん様とは話をいたしました」

磐音一家にとって、井筒源太郎と妹伊代の二人の子、源一郎と未代とも初対面であった。

「義兄上、長男の源一郎は十八歳にございます、妹の未代は十五になります」

と父親の源太郎が磐音らに紹介した。

源一郎は空也に眼差しが似ていたが、すでに大人の顔付きだった。が、その分、思慮深そうに思えた。また背丈は十六の空也より四寸ほど低かった。未代は、伊代の幼い頃そっくりの風姿で、顔に緊張の色を漂わせていた。

「源一郎どの、未代どの、そなたらのいとこ空也と睦月だ。関前滞在中、仲よう頼む」

と磐音が願うと、源一郎が磐音を眩しそうな眼で見て、

「はい、承知しました」

と返事をした。磐音に言葉をかけられた源一郎にとって、他の関前藩士や子弟がそうであるように、坂崎磐音は、

「伝説の人物」

なのだ。上気した表情がそのことを窺わせた。

「磐音、いつまで年寄りを湊に立たせておくのです。屋敷に参り、爺様の顔を見てくだされ」

照埜が願ったところに、おこんも歩み寄ってきた。

「おまえ様、私どもは遼次郎様とお英様のお子とはもはや知り合いになりました。愛らしい盛りでございますね」

「空也と睦月にもあのように愛らしい頃があったか、忘れてしもうたわ」

磐音が冗談混じりにおこんに言うと、

「奈緒様のところも、三人ともに大きゅうなられました」

「亀之助も鶴次郎も、いつの間にか母親の背丈をはるかに超えておるな」

「ささ、屋敷に戻りますよ」

磐音一家を囲むように照埜、遼次郎一家、井筒源太郎と伊代の一家、奈緒一家

が揃《そろ》って大手門へと向かった。

磐音はそのあとに重富利次郎と霧子が従っていることを見て、小さく頷《うなず》いた。

「利次郎どの、霧子、そなたらの関前滞在も長うなったな」

「それがしはもう五年になります。すっかり関前の暮らしに馴染《なじ》みました」

利次郎が笑った。

「霧子はどうじゃな」

「紅花栽培があれほど難しくも面白いものとは思いもしませんでした。奈緒様に教わることばかりです」

関前に移って丸三年になろうとする霧子は、この地に落ち着いた態度が見えた。

磐音は歩みを緩《ゆる》くし、三人だけで話せる間をつくった。

「磐音先生、最前中老どのと話をされていたようですね。どうですか」

利次郎が訊いた。

「父上は大いなる間違いを犯された」

「国家老の正睦様が寝込まれるたびに、伊鶴儀の勢力が増しておるように思えます。あやつ、国家老職を継ぐ気でいるのです」

物産所の前を通ると、関前城下で神伝一刀流《しんでんいっとう》中戸《なかと》信継《のぶつぐ》道場の同輩であった家臣

たちが、

「お帰りなされ、磐音どの」

「江戸では上様のお声がかりの尚武館道場の再興がなったそうな。立派な公儀の剣道場と聞いております。坂崎どの、苦労の甲斐《かい》がございましたな、おめでとうござる」

などと声をかけてきた。

竹刀《しない》で打ち合った剣術仲間はいつまでも心を許し合える友だった。その背後に米内作左衛門《よないさくざえもん》の姿が見えたが、磐音らと視線も交えず、そそくさと奥へと消えた。その挙動はなにか自信なさげに見えた。

一年半前、江戸藩邸の物産所に奉公していた米内は失態を繰り返し、中居半蔵の命で関前に戻され、城下の関前藩物産所に勤め替えとなっていた。

米内の江戸藩邸物産所奉公は国家老坂崎正睦の推挙によるものであったが、国許への鞍替《くらが》えで、正睦の人を見る眼が疑われることとなっていた。

この関前城下の藩物産所の実権を握っているのが伊鶴儀登左衛門であった。

そういえば、師の中戸信継も八年前に亡くなっていた。藩物産所の建物と家臣たちを見ながら、そんなことを磐音は思い出していた。

磐音一行は、関前の内海に突き出た白鶴城の前を流れる水路に架《か》かる大手橋を渡り、大手門に到着した。ここでも古い家臣らから挨拶を受けた。

国家老坂崎邸は、中之門内にあった。

磐音とおこんが坂崎邸を訪れるのは、安永六年（一七七七）以来、十八年ぶりのことだった。

大勢の家臣や女中衆に迎えられ、磐音らは玄関に立った。

「父上、ただ今戻って参りました」

磐音の声が玄関に響いた。

二

磐音は、離れ屋に設けられた正睦の病間に独り入った。

その気配を感じたか、頬《ほお》のこけた正睦が眼を開くと、ゆっくりと磐音に視線を合わせ、床から小さく頷いた。眼を開き、頷く、そんなわずかな動作が正睦にとって難儀なことなのだと、磐音は悟った。

磐音は正睦のかたわらに座しながら、

（もっと早く決断すべきであった）

と思った。そして、かろうじて、

（間に合った）

と自らの悔いを慰めた。

「父上、ただ今戻りました」

「よう戻った」

正睦の声は弱々しかった。

「殿からお許しを得ました」

「最期の刻《とき》を迎えた」

父と嫡子《ちゃくし》が最後の別れをする。当たり前のことのようだが、明和九年の騒動が親子の縁を遠ざけていた。藩を抜け、江戸で暮らすようになってその覚悟はしてきた。だが、やはり悔いは残った。

「見たであろう」

正睦が磐音に質した。

「何を見たと申されますな。われらは最前、風浦湊に着いたばかりですぞ」

「父の失態を見ていよう」

「またぞろ関前に腹黒い鼠《ねずみ》が現れたことですか」

「すまぬ」

正睦が詫びた。そして、喉《のど》に痰《たん》を絡《から》ませて言った。

「伊鶴儀登左衛門、あやつの人物を見誤った」

磐音は頷いた。

「父が犯した過ち、始末してくれぬか」

「江戸におられる殿からも、そう願われました」

正睦が安堵したか、小さく息を吐いた。

磐音は江戸を発《た》つときから、その覚悟はできていた。

「父上。おこんと空也、睦月を伴うて来ております」

「会いたい」

正睦が願った。

磐音は三人を呼んだ。

おこんらが座敷に入ってきて、正睦の顔を見て足を竦《すく》ませた。予測していたとはいえ、おこんの想いをはるかに超えて正睦は衰え、老いていた。

「おこん、驚かせたか」

正睦の絞り出すような声に、おこんはなにも答えられなかった。

三人が正睦を挟《はさ》んで磐音の向こう側に座し、おこんが正睦の手を握った。

「おこん、金兵衛どのも亡くなられたのじゃな」

「は、はい」

「人間だれしも死ぬ刻は訪れる。この正睦、いささか長生きしすぎたようじゃ。家を出たはずのそなたの亭主に、未だ迷惑をかける」

「義父上、わが亭主どのは坂崎家を継ぐことはございませんでした。ですが、親子の縁はしっかりと結ばれております。早くお見舞いに参るべきでした」

「おこん、こうしてそなたらに会えたのだ。もはや思い残すことはない」

正睦は話し疲れたか、しばし瞑目《めいもく》し、力を振り絞るように両眼を見開き、

「空也、睦月、よう来たな」

と言った。そして、空也の顔に視線を向け、睦月に移して、

「空也は磐音の若い頃に、よう似ておる。睦月はおこんにそっくり、利発にして器量よしじゃ。よう育った」

と孫二人に話しかけた。

「爺上《じじうえ》様、もはや言葉はご無用にございます。われら一家、爺上様のそばにおり

ます」

空也の言葉に、正睦のこけた頬に笑みが浮かんだ。

「そうか、爺のそばにいてくれるか」

「はい」

空也の返事に満足げに頷き、両眼を瞑《つむ》った。

若い見習い医師が入ってきて、磐音に正睦を休ませるよう眼で願った。

「父上、しばらくお休みくだされ。これからはいつ何時でもお会いできます」

と言い残した磐音ら一家四人が離れ屋から母屋《おもや》に戻った。そこには照埜、遼次郎一家、井筒源太郎と伊代の一家、奈緒一家、利次郎と霧子らが待っていた。

「磐音、話ができましたか」

「母上、遼次郎どの、お英どの、もっと早う戻るべきであったやもしれぬ。それも詮なき言葉じゃが、父上と話ができてよかった」

磐音の言葉に座の全員が頷いた。

藩医の蘭方医《らんぽうい》香川礼次郎《かがわれいじろう》が磐音に黙礼しながら母屋に姿を見せた。

若き日の香川を磐音は覚えていた。香川家は代々関前藩福坂家の藩医であり、礼次郎は長崎で蘭方を学んだことを承知していた。だが、話すのは初めてのことだった。

「香川先生、世話をおかけします」

「医師の務めにございます。ましてや関前藩立て直しの恩人のお世話ができるのは香川礼次郎、光栄にございます」

と答えた香川が、

「坂崎磐音様、お父上の病状は承知ですね」

と質した。

「江戸留守居役《るすいやく》中居半蔵様から逐一聞かされております」

胃の腑《ふ》にできた悪性の腫瘍が広がりを見せていると、三月《みつき》ほど前に磐音は聞かされていた。そのとき、関前帰国を密かに決意したのだ。

「だれの命にも限りがございます。ですが、その過程は人それぞれ。ご家老は、ようも本日まで頑張ってこられました。それだけ嫡子の磐音様方にお会いになりたかったのでございましょう。その想いが本日の対面にございます。医師の私も驚くほどのご家老のご意志です」

香川礼次郎が言い、

「わが屋敷はすぐそばにございます。殿からも、坂崎正睦様の治療には万全の上にも万全を尽くすよう命じられております。夜中であれ、いつ何時でも駆けつけます」

「有難い」

と答えた磐音が香川を玄関まで見送りに出た。

玄関で足を止めた香川が、

「磐音様は桂川甫周国瑞《かつらがわほしゅうくにあきら》先生と昵懇《じっこん》と聞き及んでおります。私、長崎時代に甫周先生の後輩として、ともに蘭方を学びました」

と言った。

「桂川先生からも、香川どのに宜《よろ》しくとの言葉を頂戴《ちょうだい》してきております」

と答えた磐音が香川を見た。

無言の問いかけに香川礼次郎が素直に応《こた》えた。

「最前も皆様の前で申し上げましたが、磐音様ご一家との対面がなったのは奇跡です。ひとつの奇跡は更なる奇跡を生むものです。とは申せ、安心はできません」

香川医師はいつ死が訪れても不思議ではないことを告げた。

「父と会い、話ができたことは、香川先生のお力と感謝申し上げます」

磐音の言葉を受け止めた香川が式台に下りかけて、再び磐音に顔を近付けた。

「ご家老と磐音様は、関前藩の最大の功労者にございます。これまで数度にわたる藩の内紛を最小の犠牲で解決に導いてこられました。この数年、ご家老が床に臥せるたびに騒ぎ立てる御仁がおられます」

磐音は黙って頷いた。

「中老は大した人物ではございませんし、配下の家臣も腰抜けばかりです。ですが、人を介して江戸から何人か腕利《うでき》きを金で雇い入れております。ご家老の身になにかあれば、すぐにも動く魂胆です。お気を付けください」

「その者たち、関前城下におりますか」

「関前城下に入っているのかどうか、そこまでは私も承知しておりません。もっとも、公儀の剣術道場の主様にご注進するような話ではございませんね」

香川が自らの言葉を笑った。

「いえ、貴重な話にございました」

「ご家老のかたわらには若い医師を控えさせております。なんぞ変化があれば使いをください。私が駆け付けます」

磐音は香川礼次郎の親切に頭を下げて応えた。

正睦はもはや粥《かゆ》のようなものさえ受け付けなかった。ために冷ました白湯《さゆ》をわずかずつ口に含んで喉に落としていた。

「父上、かたわらにわれらの膳《ぜん》を運び込んでは迷惑ですか」

磐音とおこんは話し合って、磐音が離れ屋を訪れ、正睦に尋ねた。

「己が食するのは飽きたがな、人が食するのを見るのは悪い気持ちではない」

磐音とおこんの膳を女中衆が運んできた。すると空也と睦月も自分の膳を自ら運んできて、

「私たちも爺上様のそばで食します。よろしいですね、母上」

と睦月が言った。すると正睦が、

「おお、そなたらも爺に食するところを見せてくれるか。よいよい」

と言ったのを聞き、遼次郎とお英の子、内孫の遼太郎、萩埜、正次郎、伊代の子である源一郎と末代、それに奈緒の子の亀之助、鶴次郎、お紅も自分たちの膳を運んできて、急に離れ屋が賑《にぎ》やかになった。

嫁のお英が正睦の体調を気にしたが、正睦が、

「お英、磐音に酒を持ってきてくれぬか。船旅で酒など飲んでおるまい」

と命じた。

お英は不安な顔で母屋に戻っていったが、すぐに遼次郎と源太郎、それに利次郎が銚子と盃を手に離れ屋に合流した。

賑やかな食事になった。

子供たちは正睦が見える縁側に並んで箸《はし》をとった。関前で獲《と》れた鯖《さば》の造りの美《お》味《い》しさに空也が、

「亀之助さん、関前の魚は美味しいな。これならば何杯でもご飯のお代わりができます」

と早速健啖《けんたん》ぶりを発揮していた。

「兄上はどこに行っても不味《まず》いものはないようですね。船が揺れているときでさえ、食欲が衰えませんでした」

睦月が空也の大食ぶりを披露《ひろう》した。

「江戸にいるときは日に五食です。でもそろそろ、好きなだけ食べるのは控えます」

「どうしてだ、空也さん」

鶴次郎が尋ねた。

井筒家の子二人と遼次郎とお英の子供たちは、初めて会う空也や睦月にいささか緊張していて、皆の会話を黙って聞いていた。まだ幼い遼次郎の子三人の眼差しには憧れのような感情が込められていた。

「あまり太っては体の動きが悪くなりますからね。剣術修行に差し支えます」

と空也が答えた。だが空也には、なにか心に秘めることがあるようにもおこんには見受けられた。

正睦のかたわらで磐音と遼次郎、それに井筒源太郎と利次郎が酒を酌み交わした。

「父上、われらが酒を飲み、孫たちが箸を動かすのを見て、気分が悪くなりませぬか」

磐音が尋ねるのへ、

「なるものか。却って気分がよいわ」

と正睦が応じた。

最前より正睦の体調がよくなったように、磐音にもおこんにも思えた。久しぶりに磐音一家に会って、正睦が生きる力を蘇《よみがえ》らせたか。

「おこん、金兵衛どのは昼寝の最中に笑みを浮かべながら亡くなったそうじゃな」

「はい。気持ちよさそうに寝息を立てていると思ったら、急に静かになって、振り向いたときには永久《とわ》の眠りに就いておりました」

おこんは金兵衛の静かな最期を思い出していた。だれもが、

「あれ以上の最期はない」

と言葉を揃えた。

小梅村での弔《とむら》いも、住み込み門弟や本所深川《ほんじょふかがわ》の知り合いを招いて和《なご》やかに行われた。異彩を放ったのは武左衛門《ぶざえもん》だ。大きな体を揺すり、涙を滂沱《ぼうだ》と流しながら大声を放ち、金兵衛の死を素直に哀《かな》しんだ。

娘のおこんは、あれ以上の死に方はないと当座は思っていた。だが、金兵衛がいなくなった空白は日を追うごとに大きくなっていった。

(どてらの金兵衛さんたら、娘に少しくらい看病させてくれてもよかったんじゃないの)

とも思った。

三回忌の法要を考えはじめたとき、その気持ちにようやく整理をつけた。とそこへ関前の、

「舅《しゅうと》倒れる」

の知らせが入ったのだ。

「金兵衛どのを見倣いたいものじゃな」

「父の三回忌を少しばかり前もって済ませてきました」

「金兵衛どのを追うて、この正睦も逝《い》くか」

「義父上、さような意ではございません」

「おこん、気遣いは無用じゃ。『金兵衛の　あとに従い　夏逝かむ』か。おお、辞世の句も浮かんだ。いささか拙《つたな》いがのう」

「ご家老、今宵《こよい》はご機嫌宜しゅうございますな」

井筒源太郎が正睦に笑いかけた。

「大勢の身内に囲まれて機嫌が悪かろうはずもないわ」

と正睦が源太郎に応じたとき、

「兄上、御城の横にお月様が姿を見せましたよ！」

睦月が宵闇《よいやみ》の空に輝く十四夜の月を見上げた。

子供たちが立ち上がり、月を見上げた。

「磐音、遼次郎、源太郎、利次郎も聞いてくれぬか」

「なんでございましょう」

磐音が正睦に尋ね返した。

「明日、登城いたす。利次郎、いささか急じゃが、中老伊鶴儀の屋敷にそなたが使いに立ち、関前におる藩士の総登城を手配してくれと命じよ」

磐音の顔をちらりと見た利次郎に磐音が頷くと、利次郎がすぐに座を立った。

「養父上、なんぞ早急になさねばならぬことがございますか」

遼次郎が正睦に質した。

「遼次郎、いささか遅きに失したが、本日ただ今、坂崎家の家督をそなたに譲る。立会人は磐音とおこんに、そなたの兄、井筒源太郎、それに隣に控えておる見習い医師じゃ。よいな」

遼次郎が磐音を窺った。

「承知しなされ、遼次郎どの」

磐音が義弟に命じた。

「畏《かしこ》まりました。養父上、お受けいたします」

遼次郎が答え、正睦がさらに言った。

「国家老を明日辞する。本来ならば実高様が国許におられる折りになすべきことであった。磐音、遼次郎、文箱の中に殿宛てに認《したた》めた隠居願いがある。明日の国家老辞職の宣告と同時に早飛脚を立てよ」

磐音には予測された父の決断であった。だがそれを聞いていた井筒源太郎が訝《いぶか》しげな顔をした。

「どうなされた、源太郎どの」

「義兄上、国家老が不在となれば、中老の伊鶴儀登左衛門様が異議を唱《とな》えられませぬか」

「ありうるな」

「中老どのが義父上の跡を継ぐと言い出しかねません」

磐音と源太郎の会話を聞いていた正睦が口を挟んだ。

「磐音、そなたがわしの登城の介護方で従え。源太郎、磐音になんぞ策があるやもしれぬ。任せておけ」

正睦が、どうじゃ、という表情で磐音を見た。

磐音は父の顔に最後の踏ん張りを見た。

「父上、少しお休みくだされ。われら、母屋に引き上げますゆえ」

病間の様子を窺っていたおこんが、

「さあ、皆さん、お膳を持って母屋に引き上げますよ。爺上様が少しお休みになりますからね」

と子供たちに命じた。

磐音は父のかたわらにしばし残り、二人だけでしばらく話をした。むろん短い正睦の言葉を磐音が察して、その意味を繰り返し、正睦が頷く会話だった。


磐音が母屋に戻ると、すでに利次郎の姿はなかった。

「霧子、夕餉《ゆうげ》は済ませたか」

「はい」

「頼みがある」

磐音は霧子に使いを命じた。

このときのために利次郎は関前城下に残され、霧子も関前に滞在していた。ためにすぐに夫婦で動くことができた。

「磐音様、おこん様、夕餉が未だではございませぬか。酒《ささ》も正睦様の手前、少ししか召し上がってはおられますまい。どうやら明日が関前藩の大事な正念場と見ました。どうぞ召し上がって船旅の疲れを癒してください」

奈緒が磬音とおこんの膳を改めて二人の前に出した。

三

翌朝、国家老の坂崎家に藩医の香川礼次郎が呼ばれ、慌ただしく門を潜《くぐ》る姿があった。

本日の登城に備えての診察かと、その姿を見ていた中之門内に住む重臣らは想像した。

だが、坂崎家は重苦しい雰囲気に包まれていた。

藩医の香川はなかなか坂崎家から出てこない。

そのうち、坂崎家の跡継ぎの遼次郎が中老伊鶴儀の屋敷に向かい、何事か相談をなした。その直後、

「国家老坂崎正睦様、体調不良のために本日の登城はなさらず。ゆえに在藩家臣の総登城も延期、通常の御用に戻す」

との通達が中老伊鶴儀登左衛門の名で出された。そして、家臣の間に、

「嫡男《ちやくなん》坂崎磬音どのの帰国により国家老は安堵なされ、急に気持ちの張りを失わ

れたのではないか」

　とか、

「嫡男一家との対面につい感情を高ぶらせて、加減を悪くされたようだ」

　などという噂が流れた。その上で密やかに、

「いよいよ中老一派が勢いを増し、藩の実権を掌握するな」

「磐音様の帰国はいささか遅きに失したな」

　などと囁《ささや》き合う声があちこちにあった。

　四つ（午前十時）時分に藩医香川礼次郎が坂崎家を無言裡《り》に出た。

　そして、その直後、磐音と空也が中之門から大手門への緩やかな坂を下り、大手門の前の御馬場と呼ばれる広場を突っ切った。

　そこでは百姓や漁師たちが収穫物を持ち寄って朝市が開かれていたが、親子に話しかける者はだれもいなかった。国家老の深刻な体調に言葉をかけることを遠慮したのだ。

　磐音と空也父子は東西に抜ける関前広小路を西へと黙したまま進んだ。

　関前で一番広く、美しい通りの広小路には桜並木があって、清水が流れる石組みの疏水《そすい》があり、水鳥が水中に嘴《くちばし》を突っ込んで餌《えさ》を探し、鯉が悠然と泳ぐ姿が見

られた。

空也は小脇に風呂敷包みを抱えていた。

店が連なる関前広小路の南側は、武家地の広小路御南町であり、北側は広小路御北町と大きく分けられ、御北町の海側には漁師町が、さらにその奥には職人町と町屋が連なっていた。

「父上、爺上様の容態、いかが感じられましたか」

「久しぶりにわれら一家と会い、いささか興奮なされたのであろう。香川先生の治療で小康《しょうこう》を取り戻された」

「お元気になられますか」

「空也、だれも歳《とし》には勝てぬ。もはや父上が元気になられることはあるまい。香川先生も申されたように、父上はよう踏ん張っておられる」

「いつ亡くなられても不思議ではないのですか」

空也の問いに磐音が頷いた。

「だがな、父上が昨日言葉になされたように、なすべきことがある。死ぬことよりも辛い、やらねばならぬ道を、父上は己に課せられた」

空也はその理由を質すことはできなかった。ただ、こたびの関前入りが祖父正睦との別れだけではないことを察していた。

「あと数日、父上の戦いが続く。空也、人が生き、人が死ぬ姿をとくと見ておくのだ」

「はい」

父子は神伝一刀流中戸道場を訪ねた。

中戸信継が亡くなったあと、郡《こおり》奉行を務める高弟の一人だった鴨池軍造《かもいけぐんぞう》が中戸道場を継いでいた。

鴨池は磐音より数歳上だったが、剣術家としての技量は平凡なものだった。地味ながら裏表のない実直な人柄を中戸に認められて、道場主に就いた。

磐音は鴨池軍造に、空也をしばらく門弟として稽古に通わせてほしいと願い、聞き届けられた。というより鴨池にとって、江戸で将軍家斉《いえなり》のお声がかりで再興なった直心影流尚武館道場の道場主は、眩しいばかりの人物だった。その気持ちが言動から伝わってきた。

磐音は空也を中戸道場に残すと、自らは関前広小路には戻らず、広小路御北町を北へと向かい、町屋をさらに進んで須崎川の土手道に出た。そして、須崎川に沿って河口へと下り始めた。

川は見返橋が架かる場所で九十九川《つくもがわ》と合流し、その橋の下流の両岸には撞木町《しゅもくちょう》、須崎町という名の遊里があった。

関前藩の繁盛の目安となる遊里であり、料理屋、酒屋が並ぶ一帯だが、未だ昼前とあって閑散としていた。

磐音はひたすら河岸道《かしみち》を河口へと向かった。

坂崎家を出たときから、父子には尾行がついていた。

侍ではない。町人姿の男女数人が交代で父子をつけた。

中戸道場には二人ほど尾行者が残り、磐音にも三人が従っていた。

磐音はそのことに気付かないのか、あるいは気付いても気にかけていないのか、ただひたすら同じ足の運びで須崎川沿いを下り、河口に架かる一石橋《いっこくばし》でようやく歩みを止めると、橋の中ほどで立ち止まって、松林が海岸に沿って広がる浜通りを懐かしげに眺めた。

だが、足を止めたのは数瞬だった。

橋を北側へと渡った磐音は、海に沿って雄美岬を目指した。

その途中に釜屋《かまや》の浜《はま》と呼ばれる集落があり、寺へと石段が続いていた。

季節には白萩寺と呼ばれる西行山泰然寺は、母親の照埜の実家岩谷《いわや》家の菩提寺《ぼだいじ》であり、磐音が若い頃から親しく出入りした寺であった。

住職は願龍《がんりゆう》師から宋元《そうげん》師に代替わりしていた。

磐音は宋元とは修行僧時代からの顔見知りであり、久闊《きゆうかつ》を叙《じよ》する言葉を交わしたあと、岩谷家の墓にお参りした。

そして、一刻（二時間）余り、昼餉《ひるげ》を馳走《ちそう》になり、茶を喫《きつ》しながら宋元と昔話をなした様子があった。

宋元に見送られて山門を出た磐音は、一、二輪と咲き始めた白萩の間の石段を下り、山門下で未だ見送る和尚《おしよう》に向かって一礼した。

「磐音様、国家老様の体調が回復するよう、愚僧も願うておりますでな」

宋元が声をかけた。

磐音は無言で頷き、釜屋の浜から城下へと戻り始めた。だが、磐音の足は一石橋には向かわず、臼杵道と呼ばれる峠へと向けられた。

その道をしばらく行くと臼杵口番所があった。そこが関前藩の北側の城外れを示す番所であった。

数人の若い番士が詰めていたが、大半が磐音の見知らぬ顔であった。ところが、壮年の番士の一人が、

「坂崎磐音様ではございませぬか」

と質した。

うむ、と番士の顔を眺めていた磐音が、

「おお、室田《むろた》どのか」

と中戸道場の弟子の一人だと思い出した。

「いかにも室田忠三《ちゅうぞう》にございます」

「御用、ご苦労にございます」

「昨日、ご一家でお戻りと聞きました」

室田の言葉に頷いた磐音が、

「殿のお許しを得て、父の見舞いに戻って参りました」

「坂崎様、ご家老のお加減、宜しゅうございませぬか。昨夜のうちに組頭から本日は総登城との知らせが届いたかと思えば、朝には取り消されました」

「迷惑をおかけしております」

「殿が来年お戻りになるまでには、回復しておられるとよいのですがな」

人のよい室田がそう洩らした。

「室田どの、まず難しゅうございましょう」

磐音の返事に室田はなにも答えられなかった。

「屋敷にいても落ち着かぬゆえ泰然寺を訪ね、これから白鶴城を眺める峠に登ってみようかと考えたところです」

「それはなんとも」

と途中で言葉を濁した室田と別れると、臼杵道を磐音は北へと進み始めた。

四半刻《しはんとき》（三十分）後、磐音は海風に頬を撫《な》でられながら、関前の内海に突き出した白鶴城を眺めていた。

〈白鶴城は三面が断崖《だんがい》に隔絶され海に囲まれ、東西二百余間、南北百三十四間。岬はおよそ二十間余の丘陵をなし、西口だけが城下へと通じたり〉

と古書に記されたほど自然の地形と海を利用した城の造りだった。

磐音は、美しい城だと改めて思った。

二十三年前、磐音は河出慎之輔、小林琴平とともに、国家老宍戸《ししど》文六《ぶんろく》とその一派が壟断する関前藩の、

「藩政改革」

を夢見て江戸から帰国の途次、この峠道から白鶴城を眺め下ろしたのだった。

だが、待ち受けていたのは宍戸らの奸計《かんけい》であり、その罠《わな》に嵌《はま》った河出慎之輔が

若妻の舞を殺害するに至った。実妹の舞を亡くした琴平は、慎之輔の軽挙妄動を責めた。そして斬り合いに及び、琴平が生き残った。

その琴平に上意討ちの命が下され、非情にも磐音がその役目を果たしたのだ。

三人の望みは一夜にして瓦解《がかい》した。

大きな犠牲を払ったものの、一方でこの騒ぎをきっかけに藩政改革がなった。

磐音は朋友二人を失ったばかりか、幾人もの藩士が亡くなり、許婚《いいなずけ》の奈緒との祝言を諦《あきら》めねばならなかった。

(長い歳月が流れた)

磐音は峠に吹く風に頰を撫でられながら追憶していた。

一方、空也は中戸道場全体を覆う覇気のなさに驚きを禁じ得なかった。若い家臣たちは稽古に姿を見せるものの、稽古をする時間は精々半刻《はんとき》(一時間)余り、あとは空也のことを気にしながらも談笑していた。

だれもが、空也が国家老坂崎正睦の孫であることを承知していた。ために気にしながらも、稽古をしようと声をかける者はいなかった。

空也は道場の片隅で木刀の素振《すぶ》りを繰り返していた。そのことを気にかけた道場主の鴨池軍造が空也に話しかけた。

「空也どのはいくつになられる」

「十六です」

「なに、十六とな。父御《ててご》に似てしっかりとした骨格を継いでおられる。父上から直心影流を習われたか」

「はい」

「いくつから稽古を始められたな」

「十二で道場に立ち入りを許されました」

「ということは、四年ほど剣術の稽古を続けてこられたか」

「その前は庭で独り稽古を七年続けてきました。もっとも、幼いゆえ剣術ではのうて遊びです」

「そうであったか。体付きがしっかりとしたのは独り稽古のお蔭か」

と鴨池軍造が得心したように応じたとき、中戸道場に門弟らしき三人が新たに姿を見せた。

「鴨池先生、子供の稽古のお相手ですか」

三人のうちの一人が貶《けな》し笑いの顔で道場主に言った。

背丈が六尺を超える長身の若侍だった。

「比良端耕一郎《ひらつまこういちろう》、空也どのは国家老坂崎様の孫でな、昨日、関前に藩船で着かれたばかりじゃ」

「承知しております。この者の父親はすでに藩を離れて久しいと聞いております。藩と関わりのない一家が藩船に同乗するのはおかしい、と叔父貴が言うておりました」

「耕一郎、われらの知らぬことがあるやもしれぬ。迂闊《うかつ》なことを申すでない」

鴨池が注意した。

「さようですか」

と鼻で返事をした比良端耕一郎が空也に、

「国家老のお孫どの、それがしと稽古をせぬか」

と問いかけた。

「鴨池先生のお許しがあればお願いします」

空也の返答に迷いはない。

「ところで、そなたの叔父貴とはどなた様にございますか」

「叔父貴か、中老の伊鶴儀登左衛門じゃ」

比良端の語調は明らかに自慢げに聞こえた。さらに空也が問うた。

「比良端耕一郎どの、おいくつですか」

「十六の子供がわしの年齢を質しおるか」

「はい」

「二十三。中戸道場で十年の修行をして皆伝を授けられておる」

「それは頼もしい。ぜひご指導ください」

空也が改めて願った。

「耕一郎、背丈が大きゅうても坂崎空也どのはまだ十六ということを忘れるでない。手加減して稽古をなせ」

耕一郎が返答をする前に、

「鴨池先生、道場での稽古に手加減は無用に願います。私、打たれ慣れておりますゆえ、ご案じなさることはございません」

と空也が言い切った。

「坂崎空也、道場では身分も歳も関わりがないというか」

「いかにもさようです」

「よし」

羽織を脱ぎ捨てた比良端耕一郎が、

「竹刀か木刀か」

と空也に尋ねた。

「比良端耕一郎どの、お好きなほうをお選びください」

「よう言うた」

耕一郎が木刀を摑《つか》んだ。

空也はすでに木刀を握っていた。

道場の真ん中で比良端耕一郎と坂崎空也が対峙《たいじ》した。

最前から二人の問答を聞いていた他の弟子たちは、さあっ、と壁に寄って二人の対決の見物に回った。

耕一郎は中戸道場の皆伝会得者、もう一人は十六歳ながら、今や関前藩内で伝説の剣術家として知られる坂崎磐音の嫡子だ。

間合い一間。

二人が木刀を構え合ったのを見物人が興味津々に眺めた。

「それがしが審判を務めよう」

「稽古に審判とはどういうことです、先生」

鴨池の言葉に耕一郎がせせら笑って反問した。

師匠の鴨池も、問答から判断して稽古ではなく勝負と悟らざるを得なかった。

ゆえに審判を買って出たのだ。

「そなた、我を忘れる悪い癖があるでな。わしが、やめと口にすれば両者下がるのだ、よいな」

「はい」

と空也が返事をして、いったん構えた木刀を手に提げて、するすると三間ほど下がった。

「臆したか、坂崎空也」

「直心影流は勿体《もったい》なし。空也流の技でお相手いたします」

「ほう」

正眼《せいがん》に構えていた木刀を比良端耕一郎が八双《はっそう》に直した。

「参ります」

空也が宣言すると、するすると間合いを詰めた。

耕一郎が一気に縮まった間を計りながら、左足に体重を乗せて踏み込み、八双の木刀を、走り寄る空也の肩口に鋭くも振り下ろした。

次の瞬間、耕一郎の眼前から空也の姿が掻《か》き消えていた。
「な、なに！」
と耕一郎が視線を彷徨《さまよ》わせ、虚空に浮く空也を見上げた。
空也は虚空に身を預けつつ、耕一郎の動きを見ていた。
「お、おのれ」
と叫んだ耕一郎は八双から振り下ろした木刀を手首の力で反転させると、虚空から降下に移るはずの空也の膝《ひざ》へと伸ばした。
そのとき、耕一郎は不思議な動きを見た。
空也の体がさらに虚空へと二段構えに浮き上がり、耕一郎の振り上げる木刀を躱《かわ》すと、
ふわり
と体の向きを変え、一気の降下に転じた。
風が頭上からいきなり吹き下ろしてきた。
次の瞬間、空也の木刀が耕一郎の肩口に、
そより
と吹き付けた。

そのとき、耕一郎の五体に電撃が走って、道場の床に崩れ落ちるように転がった。

「く、空也どの」

審判の立場を忘れた鴨池軍造が、床に音を立てることなく着地した空也の名を呼んだ。

「先生、ご安心ください。木刀で実際に叩《たた》いたわけではございませんゆえ、骨折などはありません」

「そ、そなたは」

と絶句する鴨池をよそに、空也が比良端耕一郎の仲間二人を見た。

「そなた方は、どうなされますか」

空也の平静な眼差しを受けた二人が、

「わ、われらはよい」

と即座に遠慮した。

「ならばこの方を連れて早々にお帰りなされ」

空也の声は、まったく平静だった。

四

磐音は未だ臼杵に向かう峠にいた。

仲夏の陽射しがゆっくり西へと移動していった。

事が起きるのを待ち受けていた。そうしながら、

(そうじゃ、松平辰平《まつだいらたつぺい》どのが武者修行に旅立ったのもこの峠だった)

と思い出していた。

辰平は自ら望んで磐音とおこんの関前入りに同行し、関前滞在の後、磐音のもとから巣立っていったのだ。

あの決断がただ今の松平辰平へと導いたのだ。

筑前福岡藩《ちくぜんふくおか》の御番衆《ごばんしゆう》にして剣術指南役として奉公し、藩主の黒田斉隆《くろだなりたか》や家臣の信頼も得ていた。また、あの武者修行で知り合った博多《はかた》の豪商箱崎屋《はこざきや》の三女お杏《きよう》と夫婦《めおと》になり、二男一女をもうけていた。

磐音は、あの旅立ち前の辰平と同じ予感を空也に持っていた。空也が磐音とおこんの手許《てもと》を離れていくことをだ。

磐音は、おこんとそのことについて話したことはない。

辰平がこの峠を越えて肥後《ひご》熊本に向かったのは、ただ今の空也より四歳上の二十歳のときだった。

この関前訪問を前にして、江戸を出立《しゅったつ》する直前の空也の行動を見ていると、

「決行」

を想念に入れていると磐音は確信していた。

おこんもおそらくそのことを察しているだろう。

子も門弟もいつかは巣立っていくのだ。

空也は磐音に断り、家斉から拝領した一剣を携帯してきた。その一事を見ても、空也の気持ちは武者修行に傾いていると思えた。そして、空也は両親に断って旅に出るはずだ。その折りは黙って送り出すしかあるまいと思っていた。

峠で待ち受けていることはなかなか起こらなかった。磐音は、

「この坂崎磐音に用があるのではござらぬか」

と呼びかけた。

峠の一角の気が動いて、一人の武芸者が姿を見せた。

歳は磐音より十三、四ほど若かった。

旅慣れた武芸者と見えて、形《なり》も足の拵《こしら》えも旅塵《りょじん》に塗《まみ》れ、何年もの旅暮らしと推察できた。だが、その顔《かんばせ》にも両眼にも清潔感が漂っていた。

磐音の前にゆったりと歩いてきた。そして、三間置いて足を止め、

「それがし、陸奥《むつ》国さる藩の出にて、石岡淳一郎《いしおかじゅんいちろう》と申す」

と名乗った。

「石岡どの、なんぞご用かな」

「坂崎磐音様にはなんの怨念も有しておりませぬ」

石岡の言葉に磐音は頷いた。

「いえ、それればかりか一年余前、江戸に滞在していた折り、神保小路の尚武館道場を訪ねたことがござる。だがそれがし、門を潜る勇気がなかった。ゆえに門前から道場の佇《たたず》まいを眺めたにすぎませぬ」

磐音は石岡の淡々とした言葉を黙然と聞いていた。

「道場からどれほど離れたときか、一人の武家方に呼び止められ、頼みごとをされました」

「坂崎磐音との立ち合いにござるか」

「はい」

石岡の返答ははっきりとしていた。

「それがし、武者修行を続けるかどうか迷いの中にあり申した。ゆえに尚武館道場の前に立ったのですが、その一歩が踏み出せなかった。その直後にそのお方に使嗾《しそう》されました。旅暮らしの金子《きんす》にも困窮しており申した。なにより武者修行の目的を見失っていた折りのこと、これも運命《さだめ》と思い、それがし、頷き申した」

「一年余、その機会を待たれたか」

磐音の問いに、

「相手方はそれがしになにがしかの路銀を渡し、三月後《みつき》に御城近くの竜閑橋《りゅうかん》で会おう、その折りに命を与えると言い残された。三月後、半年後、九月後と繰り返して、豊後国関前藩に入ることを命ぜられました。そしてただ今、坂崎磐音様の前に立っており申す」

「およその事情は察し申した。石岡どの、剣術家の気持ちは複雑なものと心得ており申す。またそなたを使嗾した者が何者かおぼろに推量がつき申す」

磐音の言葉に石岡が頷いた。

「坂崎様のお父上は関前藩国家老どのとか」

「ただ今病床にござる。われら一家、殿のお許しを得て見舞いのため関前入りしました。さようなことはもはや説明の要もござらぬな。江戸でそなたに声をかけた者が、そなたに『行動の刻』と命じましたか」

石岡が頷いた。

磐音は石岡に見張りがついていることも察していた。

峠のどこからか、磐音と石岡の言動をいくつもの眼が窺っていた。

「坂崎磐音様、それがし、この一年で貰《もろ》うた二十五両ほどの金子のために、そなたと立ち合うのではない。自らの武者修行を終わらせるため立ち合いを願うのです」

「迷惑至極ではあるが、お手前の気持ちも察することができ申す」

「それがしの役目は、直心影流尚武館道場の主にして剣術家坂崎磐音様のお力を、命を捨てて探り出すことにござる」

「そこまで分かっておりながら、それがしと勝負を望まれるや。それがしとの勝負を、金子でそなたに命じた者どもは、歯牙にかけずともよい輩《やから》にござる」

「いずれ坂崎磐音様が退治なさるか。これまで関前藩の藩政を意のままにせんと図った連中と同じようにな」

「それも承知か」

磐音は、これまでの経験から、立ち合い前に話す相手は、どこかでその勝負を避けようとする気持ちがあることを承知していた。

だが、石岡淳一郎はいささか違った。気持ちをだんだんと固めていた。

「坂崎様、それがしに金子を与えた連中に義理立てする気は毛頭ござらぬ。だが、神保小路の尚武館道場の門前に立ち、一歩中へ踏み出せなかった己の怯懦《きょうだ》に怒りを覚え申す。なんのための修行であったかと情けのうなりました」

「剣者として、坂崎磐音に立ち合いを所望か」

「いかにもさよう」

と答えた石岡淳一郎が、長年の旅を想起させる破《や》れ笠《がさ》と解《ほっ》れた道中羽織を丁寧《ていねい》に脱ぎ、路傍に置いた。

磐音も羽織を脱いで、峠にある道標に掛けた。

「坂崎様は当然察しておられようが、それがしに声をかけた者は、それがしだけにさような頼みごとをしたのではない。少なくともそれがしのほかに三、四人か、もっと多くの者に声をかけていよう」

磐音が頷いた。

「それがし、だれ一人としてその者らを知らぬ。おそらくその者たちも捨て駒《ごま》の如《ごと》く坂崎磐音様の前に立ち、死んでいくのであろう」

「ならば石岡どのが義理立てすることはさらさらござるまい。その考えを捨てることはできませぬか」

「もはや坂崎磐音様と戦う理由は申し述べましたぞ。それがし、坂崎磐音様と立ち合う機会を得たのは、剣術家として冥利に尽きまする」

石岡は勝ち負けを超越した剣術家の宿命に殉じようとしていた。

磐音は頷いた。

峠の様子が一変した。

ぴりりとした緊張に包まれた。

「お相手いたす」

「仙台藩伊達《だて》家に伝わる八条《はちじょう》流剣術を学びました」

八条流は天文《てんぶん》年間（一五三二〜五五）の創始、祖は八条近江守房繁《はちじょうおうみのかみふさしげ》とも八条修《しゅ》理亮房重《りのすけふさしげ》とも伝えられ、馬術が大本だ。

磐音の知識はその程度のものだ。のちに馬術から派生した剣術が仙台藩で起こり、石岡と関わりのある陸奥国のさる大名領に伝わったのだろう。

「八条流剣術、拝見いたす」

一礼した石岡淳一郎が鞘《さや》を払い、正眼に置いた。

石岡に眼を付けたのは、関前藩江戸藩邸の御番衆で中老伊鶴儀の縁戚という比《ひ》良《ら》端《つ》隆司《たかし》か。であるならば、比良端の剣術家を見る眼はそれなりに確かだといえた。

石岡の動きを確かめた磐音は包平《かねひら》を抜き、間合いを半間まで、すっと詰めた。

石岡は、一撃必殺の間合いにも動じなかった。

磐音は石岡の背後に監視の眼を見ていた。ゆえに石岡の体で磐音の包平の動きは見えないはずと読んだ。

互いが眼を見合った。

石岡の澄んだ眼差しに満足の笑みがあった。だが、仕掛ける余裕は窺えなかった。

いや、見合った段階で石岡は、

「格の違い」

を知らされていた。

ゆえに磐音に先んじて攻めたいと思った。だが心ではそう思っても、体が動かなかった。

磐音に動く気配はない。
峠道に差す陽射しが変わっていく。
青い芒《すすき》の穂が風に揺れて靡《なび》いた。
磐音の眼が石岡に誘いをかけ、正眼の包平を脇構《わきがま》えに移して身を空けた。
その誘いに乗って石岡が正眼の剣を胸元に引き付け、磐音の左首筋を鋭くも襲った。
後《ご》の先《せん》。
磐音は石岡の動きを見つつ、脇構えの柄《つか》を持つ手を捻《ひね》った。棟《むね》に返された包平が、
ばしり
と鈍い音を立てて、脇腹を抉《えぐ》り、横手に飛ばした。
そのときには磐音の包平は捻りが返され、直心影流の握りに戻されていた。
多くの流儀が棟打ちを禁じている。
玉鋼《たまはがね》を何度も折り返して鍛え上げる刀の弱点は棟にあったからだ。
磐音は、石岡を打つ瞬間、捻りを加えつつ力を抜いて、音だけを立ててみせた。
ふうっ

と一つ息を吐いた磐音が包平に血振りをくれる体《てい》で振り、鞘に納めた。

石岡の倒れた体に片膝を突き、合掌した。

磐音が立ち上がったとき、監視の眼は消えていた。

西に傾いた陽射しに青い芒の穂が黄金色に染め変えられて揺れた。

すると、その芒の間から、山に山菜か茸《きのこ》でも採りにいった形《なり》の、背に竹籠《たけかご》を負った姉《あね》さん被《かぶ》りの女が姿を現した。

「このお方の見張りは、すでに峠から姿を消しております」

霧子の声だった。

「やはり江戸で雇われた者たちは一人ひとりばらばらに行動しておるのか」

「はい」

「なにか企《たくら》みがあってのことであろうか」

と自問するように呟いた磐音に、

「石岡様はどういたしましょうか」

と霧子が尋ねた。

「そのうち意識を取り戻されよう。あとは石岡どのの判断に任せようか。もはやそれがしの前に立たれることもあるまい」

と磐音が言い、

「日が暮れぬうちに城下に戻ろう」

と霧子に声をかけた。


磐音と霧子が峠を去って四半刻後、石岡が意識を取り戻し、棟で打たれた脇腹を手で押さえ、

「所詮は隆車《りゅうしゃ》に立ち向かう蟷螂《とうろう》であったな」

と呟き、よろよろと立ち上がると、破れ笠と道中羽織を手に、なぜか関前藩城下に向かって下り始めた。

磐音と霧子はおよそ半里前を歩いていた。

「中老の伊鶴儀登左衛門なる人物、昨日、直にお話しなされたゆえお分かりかと思いますが、実に用心深いお方にございます。正睦様が亡くなられることを何年も前から考え、亡くなられたその日に中老が国家老職を兼任することを企て、その心積もりで動いておられます」

城下が見えてきた峠道の途中で霧子が言い出した。

峠を下り始めてから何事かを磐音が考え続けていたからだ。

「昨夜、利次郎様が、中老の屋敷に本日の正睦様の登城と在藩藩士の登城を告げに行かれたあと、虚を衝《つ》かれたように中老様は動揺なされました。まさか先生一家が関前に到着した翌日に正睦様が動かれるとは想定していなかったようです」

「であろうな」

「朝、正睦様の加減悪しという知らせに、ほっとすると同時になにか疑心暗鬼に陥られたようにございました」

霧子は昨夜、磐音に頼まれた使いのあと、中老の屋敷に忍び込んだようだ。

雑賀衆の女子が、公儀密偵だった弥助《やすけ》に仕込まれたのだ。関前藩の中老屋敷に忍び込むことなど朝飯前のことだろう。

「こちらが作為を企てたのであれば、相手方もそれに合わせられぬこともあるまい。父上は、われら一家と久しぶりに対面したことで、やはり上気し、疲れられた。中老どのは、父上の体の加減にいささか振り回されたか」

磐音は苦笑いし、

「本日の父上の登城が延期になったことが、どちらの側に味方するか」

と呟き、霧子に訊いた。

「中老どのの資金の源は藩物産所かな」

「まず間違いないところかと思います。これまで藩物産所は正睦様が監督なされていたそうにございます。ところがこの数年、お歳を召されて病を繰り返される間に、中老組が藩物産所に食い込んでしまいました。とくに伊鶴儀登左衛門は、紅花商いがこれからの関前藩の主要な実入りになると考え、上方の紅問屋と組んでいるとの噂が城下に流れております」

「なに、奈緒が難儀して栽培してきた関前紅の上前を、中老どのは勝手に撥《は》ねようというのか」

「磐音先生、伊鶴儀中老は、奈緒様の紅花畑をたびたび見に行っております」

磐音は霧子を見た。

臼杵口番所が見えてきた。

昨夜は大勢が坂崎家に集まったため、奈緒と話す機会がなかった。

奈緒一家は、紅花栽培の手入れを何日も空けるわけにはいかないと、早朝に須崎川上流の花咲の郷に戻っていった。ために話す機会がまるでなかった。

「なんとのう」

「磐音先生、お気をつけください。噂にございますが、伊鶴儀中老は奈緒様に懸《け》想《そう》しているとか」

「金と色慾か。奈緒が一番嫌う人間じゃな。中老どのになど、奈緒は見向きもすまい」

「むろん奈緒様は嫌っておいでです。ですが、中老様を無下にもできず、お困りのご様子。むろん中老一行が花咲山方面に向かう折りは、これまでも密かに利次郎様が従っておられました」

「あれこれと気遣いさせておるな」

磐音が応じたとき、臼杵口番所に二人が差しかかった。

「おや、ただ今でございましたか」

番所役人が磐音に声をかけた。

「峠で思わぬ時を過ごしてしもうた。山菜採りに来た女衆に急がねば日が暮れますと注意をされてのう、慌てて一緒に下ってきたところにござる」

と言い訳した磐音と霧子は一石橋へと向かった。

「霧子、父上の病は治らぬ。この数日が峠だ。だが、その前になんとしても父上にはひと働きしてもらわねば、父上も死んでも死にきれまい」

磐音の言葉に霧子が頷いた。

「すべてこの数日で決着させる」

その言葉どおりに決着させる大きな鍵を磐音が握っていることを、霧子は承知していた。

さらに半刻後、日が落ちた臼杵口番所を避けて、石岡淳一郎が山道を通り抜けて関前城下に入った。

昨日まで臼杵城下で待機していた石岡にとって、初めての関前城下入りだった。勝負に敗北した上に憐憫《れんびん》をかけられ、生き残った石岡は、

(なにをなすべきか)

といよいよ迷いが深くなっていた。あの峠で蘇ったとき、そのことを意識させられた。

(いま一度坂崎磐音に会おう、話をしたい)

と考え、峠道を下ってきた。

一石橋に立ったとき、夜の海に聳《そび》えて浮かぶ白鶴城がまず目に入った。

陸奥とは違い、異国を感じさせる城の造りだった。

父が国家老ならば、坂崎磐音は大手門内の屋敷にいるのか。

風に乗って上流から酒の匂《にお》いとざわめきが流れてきた。

石岡は海から須崎川の上流へと視線を移した。

料理茶屋松風屋に入ろうとした関前藩物産所の藩士の一人が、石岡淳一郎の姿に目を留めた。中老組の一人でもあった。

(たった今、死んだと藩物産所で聞かされたばかりだ。だが、生きておるではないか)

その者は急ぎ湊にある藩物産所に戻っていった。

(どうしたものか)

石岡の懐《ふところ》には金子がいくらか残っていた。

生き返った祝いに酒を飲んで今後のことを考えるか、石岡淳一郎の足は須崎川の撞木町の遊里へと向けられた。

そのとき、背後に殺気が迫った。

石岡淳一郎が気付いて右に視線を向けた瞬間、冷たい感触が反対側の左首筋を断ち割っていた。

第二章　思い出めぐり

一

江戸小梅村の旧坂崎家の母屋の縁側には、今日も竹村《たけむら》武左衛門の姿があった。

昼下がりの刻で、穏やかな陽射しが、泉水のある庭から青紅葉の楓《かえで》林と竹林を抜ける小道の上に降っていた。

尚武館坂崎道場はすでに朝稽古を終えて、道場から竹刀で打ち合う音は聞こえてこない。

「あら、未だいたのですか、父上」

早苗《さなえ》が、三歳になった輝一郎《きいちろう》を連れて姿を見せた。

坂崎磐音一家が、小梅村から神保小路に再興なった尚武館道場に引っ越してから、早二年が過ぎていた。ために小梅村の尚武館坂崎道場も大きく様変わりした。道場主代役として田丸輝信《たまるてるのぶ》が就き、後見として向田源兵衛高利《むこうだげんべえたかとし》が輝信を助けていた。そして、月に一度は、田丸輝信が志願する者を引き連れて、神保小路に出稽古に向かう習わしが定着した。

「父上、えらく暇そうですね。そうだ、輝一郎の面倒を少しの間、見ていてくれませんか」

早苗が父親に願った。

「孫の世話か、飽きたな」

「父上は孫が可愛くないのですか」

「世間では孫は子よりも可愛いというがな、わしはどうもその気になれん」

「ならば頼みません」

早苗が台所に連れていこうとした。

「だれが面倒を見ないと言うた。退屈しておるのだ。輝一郎の相手くらいしてやるぞ。ほら、貸せ」

「貸せって、物じゃないのですよ。まだよちよち歩きでどこに行くか分からないから、父上、決して目を離さないでくださいね」

早苗の言葉を理解したように、襁褓《むつき》をした輝一郎が縁側を、たったったた
と幼い足をよたよたさせながら走り出した。

「これ、輝一郎、縁側の端に行くと庭に落ちるぞ。爺《じい》じいのそばにおれ」

武左衛門が手招きしたが、輝一郎は相変わらず縁側から主《あるじ》のいない座敷を走り回った。

「孫め、早苗たちが幼かった頃より聞き分けがないぞ」

武左衛門が嘆息した。

はたきを手にした早苗が、

「うちで一番聞き分けがなかったのは父上でした。仕事の帰りには必ず酒を飲んで長屋に帰ってこられる。それもひどく酔っておられました。なにが嫌って、だらしない父親ほど面倒なものはありませんでした。坂崎磐音様や品川柳次郎《しながわりゅうじろう》様方と知り合って、どれほど助けられたか」

「その磐音だ。早苗、いつ、関前から江戸に戻ってくるのだ」

「今頃船が関前に着いたか、着かないかくらいではないですか。未だ当分先のはずです。江戸に戻られるのは、あと二月《ふたつき》三月《みつき》先でしょうね」

「秋になるか、長いな」

だだだだ、とよたよた歩きで輝一郎が武左衛門に走り寄り、無精髭《ぶしょうひげ》の顔を引っ掻いた。

「これ、輝一郎、痛いではないか。爺じいは小梅《こうめ》ではないぞ」

沓脱石《くつぬぎいし》の上に小梅が寝そべっていたが、輝一郎とも武左衛門ともつかずに警戒の表情で二人を見た。

「小梅、こやつに、輝一郎に綱を付けるで、おまえが引っ張って面倒を見てくれぬか」

武左衛門がぼやくところに幾代《いくよ》と柳次郎が姿を見せた。道場に立ち寄ったと見えて、田丸輝信と向田源兵衛も一緒だ。

「これ、武左衛門どの、輝一郎ちゃんは犬ではありませんぞ。大事な孫ではありませんか」

「幾代様、まことに孫は可愛いものか。わしには犬より扱いに困る生き物じゃがな」

武左衛門が挨拶もなしにぼやいた。

「輝一郎ちゃんはそなたにとって初孫でしょうに。なぜそう邪険な言葉を口にされるのです」

と言いながら幾代が縁側に近付くと、ひょいと輝一郎を抱き上げた。さすがに幼子の扱いは慣れたものだ。

「親子そろって主不在の小梅村に顔を見せるとは、なにか用事か」

「本日は金兵衛さんの祥月命日だと、母上が思い出された。仏壇に線香を手向《たむ》けさせてもらおうと思うて来たのだ。するとこちらの五丁も前から、旦那《だんな》のぼやく声が聞こえてきた」

「わしの声がいくら大きいとは申せ、五丁先まで届くものか」

武左衛門が応じるかたわらから柳次郎が縁側に上がり、仏間に向かうと、金兵衛の位牌《いはい》に線香を手向けて合掌した。

「娘のおこんさんが住んでいようといまいと、神保小路は金兵衛さんのいる場所ではないな。公方様が時折り姿を見せられるような神保小路は、厳《いか》めしくてどうも肌が合わん」

金兵衛の位牌は、神保小路と小梅村の二か所の仏壇にそれぞれ置かれていた。だが、品川家や武左衛門にとって手を合わせる場は、晩年を過ごし、娘のおこんのかたわらで昼寝の最中に亡くなった小梅村のこの家だった。

「よう、いらっしゃいました」

早苗が顔を出し、幾代と柳次郎に挨拶した。

輝一郎を早苗に預けた幾代が柳次郎に代わり、仏壇の前に座って手を合わせた。

「どてらの金兵衛さんはなんとも死に上手だったな。柳次郎、あれ以上の死に方があろうか。娘と孫のかたわらで寝息を立てていたかと思うたら、ことん、と亡くなったのだぞ。わしも見倣うことにした」

武左衛門が自分に言い聞かせた。

「それは無理です、武左衛門どの」

幾代が仏間から縁側に戻ってきた。

「なぜかな」

「金兵衛さんはこの世で功徳《くどく》を積んでこられました。それに比べ、武左衛門なる人物は、なにか一つでも世間のため、人のためになることをなしましたか」

幾代の言葉に武左衛門が反論した。

「幾代様、人の見ている前で善行だの、功徳を積むだのは魂胆のある生き方。もっとも、金兵衛さんがそのような計算ずくで生きてきたとは思わぬがな。わしなど人が見ていないところで」

「善きことをなされたか、武左衛門どの」

向田源兵衛が口を挟んだ。

向田はすっかり小梅村の暮らしに慣れ、尚武館坂崎道場の師範代田丸輝信を助けて門弟たちの指導に当たっていた。

二年前からか、向田源兵衛の指導ぶりが上手というので、本所界隈《ほんじょかいわい》の御家人の子弟が何人も入門してきたほどだ。

向田と輝信は神保小路の向こうを張って、小梅村ならではの弟子の育成に努めようと話し合っていた。

「源兵衛さんや、わしももはや来年は還暦じゃ。六十年余の歳月に善行を積んだかどうか」

「数え切れませぬか」

「いや、思い出せぬほどない」

「武左衛門どのは真っ正直ではあるが、金兵衛様の域には達しませぬな」

向田源兵衛が苦笑いした。

「早苗、金兵衛さんの祥月命日というて、品川親子が北割下水《きたわりげすい》から小梅村までわざわざ訪ねてきたのだ。少しばかり酒など出さぬか」

「金兵衛さんを見倣うと仰《おっしゃ》ったのはどこのどなたです。最近では桂川先生のもとへ診察を受けにも行っておられませんね、父上」

「駒井《こまい》小路《こうじ》は神保小路と近うてな、やはり厳めしゅうて敷居が高い。なに、わしの体はわしがよう承知しておる」

「娘の私も承知です。父上は酒をほどほどに楽しむことができません。本日は、幾代様から頂戴した外郎《ういろう》を皆で頂きます」

「ま、待て、外郎は薬ではないのか」

「いえ、薬に似せた練り菓子のほうです。内職の問屋から珍しく頂戴いたしました。皆さんにお裾《すそ》分《わ》けです」

横から幾代が口を出すと、

「柳次郎、金兵衛さんの祥月命日に練り菓子はなかろう」

武左衛門だけががっかりした。

神保小路に坂崎一家が移って、暮らしぶりが少しずつ変わってきた。そんな小梅村だった。

江戸から遠く離れた遠国、豊後関前藩の国家老坂崎正睦邸の庭に立った空也に、縁側に敷いた座布団に座って、痩《や》せた体を脇息《きょうそく》に預けた正睦が頷き返した。

空也から中戸道場の様子を聞いた正睦が、

「中戸信継どのから代替わりして力が落ちたかのう。不届きな者たちまで出入りを許しておるのか」

と不満を洩らした。

「爺上様、稽古はどこにいてもできます。私、父上に道場入りを許されるまで独り稽古を何年も続けてきたのですから」

と正睦に応えた空也は、

「利次郎さんが、藩の剣道場に稽古に来るがよいと言うてくださいました」

とさらに言った。

「考えてみれば、中戸先生亡きあとの中戸道場より、重富利次郎が剣術指南を務める藩道場のほうが、そなたの稽古の場には相応《ふさわ》しかろう」

正睦も賛意を示した。

この日、正睦は加減がだいぶよいのか、

「空也、そなたの精進ぶりを、この爺に見せてくれぬか」

と願った。そこでおこんと睦月、そして空也が手伝い、床から縁側に正睦を移したところだ。

そのあと、空也は、家斉から拝領した備前長船派《びぜんおさふね》の修理亮盛光《しゅりのすけもりみつ》を腰に差し庭に下りると、正睦に一礼して正座した。

空也に相対するように正睦が座り、その左右には、おこん、睦月、遼太郎、萩、それに正次郎が分かれて並んだ。

「母上、上様の前で直心影流の極意、法定四本之形《ほうじょうしほんのかた》を演じたときより緊張します。あの場には父上が打太刀《うちだち》としておられました」

空也が正直に洩らした。

磐音は、今朝早くに屋敷を出ていた。

父のいない場で直心影流の極意を独りで演じてよいのか迷ったが、祖父の命だ。最善を尽くそうと気持ちを切り替えた。

だが、まさかおこん、睦月ばかりか、幼い従弟妹たちまでが空也の稽古を見物するとは考えもしなかった。

「爺上様、直心影流極意は本来木刀にて行うのが習わしです。また受け方の打太刀と、仕太刀《しだち》の初心の者と二人で行います。本日は、父が不在ゆえ、坂崎空也一人にて法定四本之形打太刀を行います。もしお疲れになったら仰ってください。

いつなりともやめまする」

と断った空也が庭に座し、しばし瞑目したあと、袴《はかま》の股立《ももだ》ちをとって立ち上がった。

その瞬間、空也の顔が一変した。

おこんが見たことのない剣術家の顔をしていた。

(ああ、やはり空也は遠くに飛び立とうとしている)

と思った。

正睦は脇息に上体を委《ゆだ》ねていたが、自然と背筋が伸びて空也の動きを凝視した。

「一本目の形、八相《はっそう》」

空也の凜《りん》とした声が庭に響き、その一挙一動が見る者を魅惑して、身動き一つさせなかった。

とはいえ、息苦しいのではない。

空也の動きが、死を目前にした正睦へ心地よく伝わってきた。そして、正睦の五臓の中に新たな息吹を蘇らせてくれた。

法定四本之形を演じ終わるのは一瞬の間であったようにおこんには思えた。だが、実際には長い濃密な刻が流れ去っていた。

おこんは、我に返って正睦の顔を見た。

その顔に、それまで見られなかった生気が蘇っていた。

遼太郎ら三人の幼い従弟妹らも、放心の体《てい》で庭に座した空也を見詰めていた。

「爺上様」

と遼太郎が思わず呼びかけた。

「なんだな、遼太郎」

「初めてこのような剣術を」

「見たか」

「はい」

「この爺も、この歳にして初めて孫に剣術の極意を教えられた。八歳のそなたが驚くのは無理もない。われらは、江戸におられる上様が見たのと同じ極意を見たのじゃ。おこん、そうではないか」

正睦の声に力が蘇っていた。

「わが子であってわが子ではないような心持ちにございます」

「おこん、磐音がこの関前を出てのち、江戸からあれこれと磐音の噂が伝わってきた。信じられぬような風聞もあった。じゃがな、おこん、いま空也の極意披露を見せられて、この正睦、卒然と悟った。磐音はわが子であってわが子ではなかったとな。おこんが今言うた心境と同じじゃ。おこん、ようも磐音とともに生きてきてくれた」

礼を言う正睦に、おこんはなにも答えられなかった。

空也は庭に座したまま正睦とおこんの話を聞いていた。

「空也、爺に最後の力を授けてくれた。礼を言うぞ」

正睦が力強くも張りのある声音で言った。

空也はただ一礼した。

そのとき磐音は、泰然寺の石段を下りた釜屋の浜から、関前の内海に突き出た白鶴城を眺めていた。

いつ見ても美しい城だった。

潮風に乗って浜通りの方角から人の声が聞こえてきた。

磐音は、突き出た城の南東に遠く望める猿多岬に眼差しを移した。

岬にある翠心寺《すいしんじ》には河出慎之輔、舞、そして小林琴平の墓があった。

(慎之輔、舞どの、琴平、明日にも墓参りに行くゆえ待っていてくれ)

磐音は胸の中で呟き、海沿いを一石橋へと歩き出した。

大掃除の仕度は整った、と思った。

あとは父がどれほど最後の力を残しているか、その一点にかかっていると思った。

一石橋に差しかかったとき、関前藩の町奉行所役人が橋の欄干《らんかん》を調べていた。

磐音に気付いた役人が、はっ、と驚いた表情を見せて、慌てて会釈《えしやく》をした。

国家老坂崎正睦の嫡男であることを承知なのであろう。

「なんぞござったか」

「旅の者が殺されました」

「いつのことです」

「昨夜、さほど遅い刻限ではないと思います。精々六つ半（午後七時）前後かと。人が橋から落ちる音を耳にした者がおります」

「殺されたと言われたな」

「はい。旅の武芸者と思しき形《なり》でございまして、左の首筋を深々と撫で斬られております。橋から落ち、そのまま流されて骸《むくろ》が浜に流れ着いたのを最前漁師が見付けました」

「六つ半か。それがしもその直前にこの橋を通り申した」

橋の欄干にしゃがんでいたもう一人の役人が、

「坂崎磐音様がどこぞの山菜採りの女衆と臼杵口番所を通られたのは分かっております。ですが、連れの女衆というのが判明しませぬ」

「それがし、疑われておるのでござるか」

「いえ、そうではございませぬが、あれこれ探索するのがわれらの役目にございます」

「いかにもさよう。もし差し支えなければ、旅の武芸者の骸を見せてはもらえぬか」

町奉行所役人が顔を見合わせたが、国家老の嫡男の頼みだ。二人は頷き合って、浜通りに沿って広がる松林に磐音を案内した。

骸を囲んで大勢の家臣たちがいた。

磐音が姿を見せたことに不安を感ずる者や、あからさまに敵意を向けてくる家臣もいた。

家臣が輪を解き、磐音の視線が筵《むしろ》に寝かされた骸に落ちた。

予測したことではあった。

骸は昨日、臼杵への峠で戦いを挑んできた石岡淳一郎であった。

「坂崎磐音様、この者をご存じですか」

町奉行所の筆頭同心を務める池田《いけだ》秀次《ひでつぐ》が磐音に訊いた。池田は、磐音より二つほど上の藩士だった。

「承知しており申す」

その場にざわめきが走った。

「昨日、臼杵口の峠にて石岡淳一郎と名乗りを上げられ、それがしに勝負を挑まれたお方にござる」

こんどは場が不意に凍り付いたような沈黙に落ちた。

二

磐音は近くの料理茶屋松風屋の一階座敷に連れていかれ、経緯《いきさつ》を訊かれることとなった。

こうなると、もはや筆頭同心池田秀次らではどうにもならない。町奉行へ知らせが入り、その間に池田が磐音に質問をすることになった。

「坂崎様、峠にて勝負を挑まれたそうにございますが、それを目撃した者がおりましょうか」

「いえ、おりませぬ」

磐音はその戦いを密かに目撃していた数人がいることは承知していたが、それについては池田に告げなかった。

「なぜ勝負を挑まれたか、理由をお聞かせください」

「残念ながらその理由を語ることはできませぬ。ただし、武者修行中の石岡淳一郎どのは、江戸の神保小路のわが道場、尚武館道場の門前に立たれたことがあったそうな。当人が勝負の前に告げたことです。だが、門を潜ることはなかったと言うておられました」

「なぜでござろう」

「石岡どのは尚武館道場の構えに臆したと、正直に告白されました。出は、陸奥のさる大名家領内であるそうな。家臣であったかどうかは、はっきりとは申されませんでした」

「江戸で坂崎様が道場主の尚武館道場に臆した者が、遠く関前まで旅してきて、偶然にそなた様に出会われたのでござろうか」

「違いましょう。尚武館をあとにしたのち、さるお方に金子にてそれがしとの勝負を頼まれたそうな。一年ほど前のことと説明されました」

「行きずりの人に頼まれましたか」

「そうではございますまい。曰《いわ》くあってのことにござろう」

「尚武館道場を見て臆した者ですぞ。それが剣術家として名高い直心影流道場主の坂崎磐音様を一人の力で破ろうと企てた、と言われますか」

「石岡どのもまた剣術家の志に生きるお方であったというほか、説明のしようもござらぬ。金子で頼まれたことは別にして、それがしとの一対一の勝負を願われたのでござる」

「力の差が歴然としておりましょうに」

「池田どの、戦いを前にして剣術家が考えることは、全力を尽くすという一事のみにござる。勝ち負けは想念の埒外《らちがい》にあるもの」

池田秀次が黙り込んだ。

そこへ町奉行新納瑞樹《にいろみずき》が姿を見せた。坂崎遼次郎と重富利次郎もいた。

磐音は、新納が明和九年の藩を二分する内紛の際、奉行所の一役人として本分を守り、働いたことを承知していた。

ゆえに宍戸文六が壟断していた藩政が正常に戻ったとき、坂崎正睦らの判断で町奉行所の一員として御用を勤め続け、十数年後に町奉行に昇進したのであろう、と推測された。

「義兄上」

遼次郎が磐音を呼んだ。

遼次郎は、国家老正睦の補佐方として、中老に次ぐ実権を持つ地位にいた。町奉行の新納より身分も家禄も上だった。

「心配をかけたな。ただ今池田どのに説明しているところじゃ」

磐音はそう遼次郎に応えると、

「新納どの、お手を煩《わずら》わせます」

と挨拶した。

頷いた新納が丁寧に願った。

「坂崎様、いま一度、それがしにご説明を願えますか」

「ようござる」

と答えた磐音は、

「この場では町奉行どのと池田氏にそれがしの立場を話したいゆえ、遼次郎らは席を外してくれぬか」

と義弟に願った。

しばし沈思《ちんし》した遼次郎が、

「町奉行新納瑞樹どのは職務に公明正大にして、殿に忠義を尽くされる藩士にございます」

と言うと、別間にて待ちますと言い残し、利次郎らとともにその部屋から姿を消した。

新納はしばし気持ちを鎮めた。

「坂崎磐音様、そなた様はすでに遠い昔、関前藩を離れておられます。一方で藩外から関前藩を手助けし、殿の信頼厚き人物にして、さらに国家老坂崎正睦様の嫡男でございます。また剣術家として天下にあまねく知られ、当代将軍家斉様の後押しがあるお方と聞き及びます。正直、われらごときには手出しができない御仁にございます」

新納が正直な気持ちを告げた。

この二十年余、関前藩の藩士一同に目配りしてきたのは坂崎正睦だ。新納も池田も正睦に育てられたといっていい。眼の前にいるのは国家老の嫡男にして、藩主が格別な信頼をおく人物だった。扱い易い人物とは言い難い。

「とは申せ、関前藩の町奉行として忠実に職務を果たそうとしておられる」

磐音が笑みを浮かべた顔で問い返すと、

「その覚悟にございます」

と真っ正直に答えた新納が磐音に、

「坂崎様ご一家の関前帰郷は、格別な用事があってのことでございますか」

と反問した。

「新納どの、父正睦の見舞い、というより最後の別れを殿にお許しいただき、関前入りいたしました。ゆえに一家で藩の所蔵帆船に同乗させてもらいました」

「それだけでございますか」

「家中にあれこれ風聞が飛んでおることはそれがしも承知です。ただ今は新納どの、そう聞きおいてもらえませぬか」

「一介の町奉行ごときが質すことではないと申されますか」

「新納どの、池田どの、そうではござらぬ。近い将来、場が整った折りにそれがしの口から話すことがあるやもしれませぬ。ですが、ただ今はお許しくだされ」

磐音の事を分けての丁寧な願いに新納が頷いた。

「池田どのには話しましたが、昨日峠で起こったことを逐一お話しいたします」

磐音の言葉に新納が頷いて座り直した。

磐音は峠に立った経緯を、

「関前入りして以来、それがしを注視する監視の眼を意識しており申した。いささか煩《うるさ》いゆえにどこぞに引き出したいと思い、臼杵に向かう峠に長いあいだ立っておった」

と説明した。

二人は磐音が話すまま黙って耳を傾けるしかない。池田に話したことを磐音は再び繰り返した。

磐音は池田に話したところまでで、いったん言葉を切った。そして、質問を待った。

「石岡淳一郎に坂崎磐音様を襲うよう金子で頼んだ人物に、心当たりがございますか」

「およそは摑んでいるつもりです」

「関前藩に関わりの者でござろうか」

「新納どの、忌憚《きたん》なく申し上げる。そうとしか考えられませぬ。石岡どのは、さようなことを頼まれたのは自分一人ではない、数人いると言われました。石岡どのは昨日の峠以前に関前入りをしたことがないとも付け加えられました。おそらくその他の者も、関前城下に入ることを禁じられているのやもしれませぬ」

石岡が戦いを前に話したことを詳《つまび》らかに語ると、

「坂崎様、そのような者を金子で雇い、坂崎様を斃《たお》すよう命じた者は、関前藩と関わりの者でございますな」

と新納が念押しした。

「新納どのには、まったく唐突な話でござろうか」

磐音の反問に新納が沈思し、

「いえ」

と返事した。

「新納どの、わが父亡きあと、それがしが父の跡目を継ぐという埒もない噂が関前の一部に流れておるそうな。言い訳をするにも値せぬ話にござる。坂崎家の跡継ぎが坂崎遼次郎であることは、遼次郎が井筒家から坂崎家に養子に入って以来、終始一貫して変わらぬ事実にござる。江戸にある殿もとくと理解されておられることです」

磐音の言葉を吟味するように考えていた新納が、

「坂崎様、失礼を顧みずお尋ねいたします」

「なんなりと」

「殿から格別に願われたことはございませぬか」

こんどはしばし磐音が黙考した。

「ございます。ただし、それがしが坂崎家に返り咲くなどという話ではございませぬ。それがしは明和九年の内紛のあとに、藩からも坂崎家からも抜けた人間にござる」

新納が長い沈思のあと、頷いた。

磐音の視線が池田にいった。

「坂崎様、峠での戦いは行われたのでございますな」

「さよう」

「で、坂崎様が勝ちを制された」

「さようにござる」

「敗《やぶ》れた石岡淳一郎がなぜ関前城下入りをしたのでござろうか。いえ、刀を抜き合っての勝負はどう決着がついたのでござろうか」

「それがしには石岡淳一郎どのの命を絶つ理由はござらぬ。実はわれらの戦いを密かに見ている輩がござってな、その輩らには、それがし、脇腹から胸にかけて撫で斬りしたと思わせて、棟に返して意識を失わせただけにござった。倒れ込んだ『骸』に向かい、それがし、合掌してみせました、小細工にござった。それで目撃者は石岡淳一郎どのが死んだと思い込み、峠を去った。石岡どのは意識を取り戻したあと、なぜ城下入りしたか、そのわけをそれがしは存じませぬ。臼杵口番所を通ったのでござろうか」

と磐音は池田に質した。

「いえ、坂崎様と山菜採りの女が一緒に通ったあと、番所を抜けた者はだれもおりませぬ。おそらく石岡淳一郎は、臼杵口番所を避けて山道を抜け、関前入りしたと思われます」

「池田どの、石岡どのの体に、脇腹から胸にかけて刀の棟で打たれたような跡はございませんでしたか」

「ございました」

「手加減いたしましたゆえ、骨は折れておらぬはず」

磐音の言葉に池田筆頭同心が頷いた。

「一石橋で石岡どのを斬った人物に、町奉行所では心当たりはございませぬか」

「非情過酷な一撃、凄腕の持ち主です」

と答えた池田が、

「坂崎様と同道して峠を下った女は何者ですか。山菜採りの女衆という話は坂崎様の作り話かと存じますが」

と再び質した。

磐音が微笑《ほほえ》んだ。

「それがし、虚言を弄《ろう》するのはあまり上手ではないでな。ご両者、そこもとだけの耳に留めておいてもらいとうござる。その約定《やくじょう》がなるならば、身許《みもと》を明かします」

池田が奉行の新納の顔を窺った。

「致し方あるまい。坂崎様とわれら関前藩町奉行所が対立する意味などなにもございませぬ」

と新納が言った。

「あの者、最前新納どのと同道してきた御番衆にして剣術指南、重富利次郎の女房霧子にござる」

「な、なんと」

と新納が驚きの顔をした。

「霧子はわが身内同然の女子でしてな。決して関前藩の為にならぬ所業はいたしませぬ」

「坂崎様方の関前入りの何年も前に、剣術指南重富様の妻女がこちらに姿を見せられたということは、なにか狙《ねら》いがあってのことと受け取ってようございますか」

磐音が新納に頷いた。

「よし、中老組は追い詰められたか」

思わず池田が喜びの声を洩らした。

「池田どの、父は死を賭《と》して最後のご奉公に立ち向かう所存にござる。とは申せ、事はそう易々とは参りますまい。こたびの石岡淳一郎どの殺しは、その始まりにすぎませぬ」

磐音の言葉に新納と池田が大きく首肯《しゅこう》した。

「そこで相談がござる」

と磐音が言い出した。

「なんでございますな」

「石岡殺しの嫌疑がそれがしにかかっているとの噂を、城下に流してもらえませぬか」

「えっ、最前、棟打ちで勝負を決したと申されたではございませぬか」

「池田、相手方を少しでも油断させる方策に、坂崎様は自らの戦いを使えと申されておるのだ」

「おお、そうか、そうでした」

池田が新納に頷いた。

磐音と新納町奉行、池田筆頭同心の三人の密談は四半刻続いた。


松風屋を磐音が出たのは、七つ（午後四時）を過ぎていた。

坂崎遼次郎と重富利次郎が磐音を待っていた。

「えらく時間《とき》がかかりましたが、なにを町奉行所は質したのでございますか」

利次郎が憤然とした顔付きで磐音に訊いた。

「利次郎どの、それがしが石岡淳一郎どのを殺《あや》めたと疑うておられるのじゃ。昨日、同じ刻限に一石橋を通ったゆえな」

「磐音先生、戦いを霧子が見ておりましたし、その上、帰り道も同道しておりましたぞ」

利次郎がそんな馬鹿なという顔に変わった。

「だいいち、あの石岡淳一郎を、先生は一度棟打ちで倒しておられるというに、なぜあの者を殺さねばならぬのです」

「霧子から聞きましたか、利次郎どの」

「はい。そのことを最前遼次郎どのにお話しいたしました。ゆえにわれら、昨日からの先生の行動は存じております」

「石岡淳一郎どのへの一撃、非情にして卑怯《ひきょう》なものでござった。なぜあのような残酷なことができるのか。ただ今言えることは、石岡どのを殺めたのは関前藩の家臣ではなかろうということじゃ。石岡どのも刺客に雇われるにふさわしい剣術の腕前にござった」

「町奉行の新納は、義兄上の話を信じませぬか。つまり義兄上が殺めたと考えておりますか」

「疑《うたぐ》るのは探索を司《つかさど》る者の使命ゆえな、致し方あるまい」

「どうなされます」

利次郎が磐音に迫った。

「利次郎どの、明日はわが朋輩《ほうばい》の墓所におこんらとともに参ろうと思う」

「そのような呑気《のんき》なことでよいのでございますか」

「利次郎どの、なにごとも急《せ》いては事を仕損じるでな」

磐音の言葉は淡々としたものだった。

三人は風浦湊前にある藩物産所前を通りかかった。すると米内作左衛門が磐音の姿を見て、こそこそと姿を隠した。

「米内め、養父上の期待を裏切りおって」

遼次郎が嘆いた。

「遼次郎どの、父上は老いて、いくつか間違いを犯された。だが、間違いには看過できるものとできぬものがある。それを見誤ってはならぬ」

「米内作左衛門など大したことはないと申されますか」

「そうは言わぬ。だが、われらがただ今立ち向かうべきは、ただ一人。父上を助けて、そのことを成就《じょうじゅ》いたす」

そう言ったとき、藩物産所から中老の伊鶴儀登左衛門と商人の旦那然とした町人が姿を見せて、

「坂崎どの、国家老様の加減はいかがか」

と声をかけてきた。

「中老どのには迷惑をおかけ申しました。父の具合が一進一退ゆえ、登城は一度かぎり、命を賭しての覚悟にござる」

「国家老様が死を賭してまで無理をせねばならぬ事情がございますかな」

伊鶴儀登左衛門がそら恍《とぼ》けた顔で磐音に言った。

「歳をとると妄念が生じます。父になにがしかの功労あらば、伊鶴儀様、そのことに免じてお見逃しあれ」

「むろんのことにござる。坂崎正睦様は豊後関前藩の中興の祖にございますでな、気がかりなことは済ませておかれるのがよかろう」

「有難き思し召しにございます。坂崎家を抜けたそれがし、中老どのに感謝申し上げるしかございませぬ」

磐音は言い残すと藩物産所の前から大手橋へと足を向けた。

三

翌日、磐音一家と霧子は、漁師舟を雇い、海に突き出た白鶴城を海上から望みつつ、内海の南側に出た。

「父上、お城の南は景色が違いますね」

空也が舳先《へさき》から磐音に話しかけた。

この一行の中で猿多岬にある河出慎之輔、舞、小林琴平の墓を承知しているのは、磐音とおこんの二人だけだ。

霧子も白鶴城の南に突き出た猿多岬を訪ねるのは初めてという。

「岬の付け根から日向《ひゅうが》に向かう街道が走っておる。城下とは違うて、南は鄙《ひな》びているのじゃ」

三人の墓を設けたのは正睦だ。むろん藩主の福坂実高の許しを得てのことだ。先の国家老宍戸文六の奸計により犠牲となった三人を悼《いた》み、同時に二度と藩に内紛が起こらぬよう、その戒めとして実高が許したのだ。

とはいえ、河出家も小林家も明和九年の騒ぎに絡んで関前藩から取り潰しに遭《あ》ったのだ。城下の寺に墓を設けるには差し障りがあった。そこで猿多岬の翠心寺の山の一角に三人の墓を拵えたのだ。ゆえに家臣のだれもが墓所を訪ねるわけではなかった。

「磐音様よ、近頃は奈緒様がお子を連れて墓参りに行きなさるよ」

須崎浜の漁師の雲次《くもじ》が磐音に言った。

雲次は磐音が物心ついた頃から坂崎家に出入りしていた漁師だ。おこんとの仮祝言をこの関前で挙げた安永六年の秋以来の再会だった。

その分、雲次は歳を重ねていたが、赤銅色《しゃくどういろ》の顔は元気そのものだった。

「奈緒が墓守をしてくれておるか」

奈緒にとって兄の琴平と姉の舞、義兄の慎之輔が眠っている墓だ。

「またぞろ城が騒がしいな」

雲次は明和九年の宍戸文六が主導した内紛も、安永六年、関前藩に取り入った中津屋文蔵《なかつやぶんぞう》一派が起こした騒ぎも承知していた。

「雲次、二度にわたって、あれだけの騒ぎがこの関前で繰り返され、何人もの家臣が血を流し犠牲となったにも拘《かかわ》らず、またぞろ藩政に波風を立てる者が出てきたようじゃな」

「磐音様よ、その騒ぎを取り鎮めるために関前に戻ってこられたのであろうが」

「それがし、二十数年前の騒ぎのあと、藩を離れた人間じゃぞ。こたびは父の見舞いと小林琴平らの墓参じゃ」

「だれもそんな話を信じる者はおりませんよ。なにしろ坂崎磐音様が親父様の跡を継ぐという噂が城下じゅうに流れておるでな。その上、一石橋で旅の武芸者を磐音様が始末したという噂も流れておる」

「忙《せわ》しない話じゃな。われら一家には迷惑至極な話にござる」

　磐音の返事に雲次はしばし黙っていたが、

「二十何年か前の藩の騒ぎはよ、藩が貧しいゆえ起こった騒ぎだな。こんど、騒ぎを起こしている連中は、藩が江戸や上方に領内の品物を運んで得る物産所の稼ぎをしっかり押さえておこうという欲に絡んだ話だ。人という者、貧しゅうても、金があっても騒ぎを起こす。強欲はなくならないものかね」

　と訥々《とつとつ》とした語調で言ったものだ。

　磐音はただ頷いた。

「磐音様の親父様が病になられてから、中老様がよ、徒党を組んで騒ぎを起こそうとしておられる。ご家老様は、おちおち死ぬこともできぬな」

「父が元気ならばかようなことは起こらなかったであろう。実高様も父も、元気なうちに隠居なさるべきであった」

「歳をとると体ばかりか、眼も頭も衰えていくだな」

「そういうことじゃ」

「殿様の跡継ぎはどんなお方かね」

「俊次《としつぐ》様か、日出《ひじ》藩木下《きのした》家の分家の出だがな、分別をお持ちの跡継ぎじゃ。雲次、そなたらには馴染みがないか」

「日出藩の分家からいきなり江戸に出て行ってよ、殿様の跡継ぎになられたお方だ。城下の者はよく知らねえ」

「何年か前に実高様が俊次様に藩主の座をお譲りなさっていれば、こたびのことは起こらなかったやもしれぬな」

磐音は心を許した雲次に胸の内を曝《さら》け出していた。

うんうんと頷いた雲次が、

「妙な噂が一つある。磐音様はすでに耳にされたかもしれねえが」

「なんの話かな」

「確かなことじゃねえ」

「まあ、言うてみよ」

「馬鹿げた話なら聞き流してくれるか」

磐音が櫓《ろ》を漕《こ》ぐ雲次に頷いた。

「磐音様は殿様の側室のお玉《たま》様を承知か」

「たしか、関前広小路の呉服屋肥前屋《ひぜんや》卯右衛門《うえもん》の次女と聞いておる。殿との間にお子がおられたな」

「高太郎《こうたろう》様改め実継《さねつぐ》様といわれてな、十三の若様だ」

磐音は、中居半蔵を通してお玉、実継親子のことは承知していたが、半蔵も詳しく磐音に話したことはない。

お代《だい》の方《かた》が国許の側室お玉に嫉妬していささか常軌を逸し、鎌倉の尼寺、東慶寺《とうけいじ》に入るきっかけになったこともあり、中居半蔵も、近頃のお玉と実継のことは磐音に話していなかった。

「中老の伊鶴儀様がよ、時が来たら実継様が殿様になると、肥前屋に約束したって噂が流れておるだよ」

「面白おかしゅうするための話ではないか」

磐音が霧子を見た。

霧子が小さく頷いた。

「噂ばかりではないというか」

「火のないところに煙は立つまいよ」

磐音は、中老の伊鶴儀が強気なのは、実継を次なる関前藩主に据えるために動いているからか、と気付かされた。

もしこのことが真実ならば、正睦が隠居できなかった理由はこの辺にあったのではないか、とも思った。

(なんということが)

磐音が思ったとき、猿多岬の辺菰《へこも》集落の小さな湊に雲次の漁師舟が入っていった。

「雲次、一刻ほど待ってくれぬか」

「磐音様よ、何刻でも待つだよ」

と答えた雲次が、浜から船着場に漁師舟を寄せた。

空也が心得て船着場に飛び移り、舫い綱を棒杭《ぼうぐい》に結んだ。そして、

「閼伽桶《あかおけ》に入れた仏花と線香などを私にください」

墓参りの品々を受け取り、おこん、睦月の手を引いて次々に船着場に上げた。

霧子は裾も乱さず身軽に舟から船着場に飛んだ。

「おや、この女中さんは身軽じゃのう」

と雲次が感心した。

「雲次、女中ではない。家中剣術指南役重富利次郎どのの女房じゃ」

「なに、江戸から来たという重富様のお内儀《ないぎ》か。こりゃ、驚いた。夫婦してただ者ではないな」

最後に磐音が舟から上がり、浜にいた男女に挨拶した。網を繕《つくろ》っていた年寄り漁師がなぜか磐音から眼を逸《そ》らした。

辺菰集落にあるただ一つの寺が、岬の斜面の中腹にある翠心寺だ。浜から寺へと長い石段が続いていた。

「空也、石段を先導せよ。しんがりを父が務める」

磐音の命に空也が頷き、石段を上り始めた。

「奈緒様もお紅さんも、この石段を上って墓参りに行かれるのですね」

睦月が驚きの声を上げた。

「睦月、母と一緒に頑張って上がりますよ。途中に地蔵堂があって休み場がありますよ。そこまでは休まずに参りましょう」

おこんが睦月に答え、空也が一段一段、ゆっくりと上りだした。

「そういえば母上、この石段に秋茜《あきあかね》が飛んでいたことをよう話してくださいましたね」

睦月が母に言った。

「はっきりと記憶しているのには理由があるのです」

おこんは答えたが、その理由は言わなかった。石段を上るのに一生懸命のようで、睦月もそれ以上のことは訊かなかった。

一行は地蔵堂のある休み処で足を止めた。空也は母の息が鎮まったとき、

「母上、この石段でなにがあったのでございますか」

と尋ねた。

おこんが磬音を見た。磬音が小さく頷いた。

「父上の参られるところには必ず騒ぎが待ち受けております。あの折りも亭主どのと私は、慎之輔様、舞様、琴平様にお別れの墓参りに参りました。その帰路、この地蔵堂に浜奉行山瀬《やませ》様がわが亭主どのを待ち受けておられ、勝負を挑まれました」

「なぜ関前藩の浜奉行が父上との勝負を願うたのですか」

空也が磬音を見た。

「当時、藩に中津屋文蔵なる商人が食い込んで暴利を貪《むさぼ》ろうとしておった。その口車に乗ったのが種瓢《たねふくべ》こと山瀬金大夫《きんだゆう》であったのだ。なかなかの遣い手でな、戦

う謂《いわ》れは別にして、その剣術の腕前にそれがしは死を覚悟した。勝負は寸毫《すんごう》の差で、それがしが生き残った」

「母上、秋茜とどう関わりがございますので」

睦月がおこんに訊いた。

「刀を構え合ったお二人は、この石段を蟹《かに》が横走りするように下り始めたのです。その戦いを、私と三匹の秋茜が見守っていたのです」

「そうか、この石段は父上の古戦場か」

幅一間ほどの石段を空也が眺めて、父の短い説明から戦いの推移を想像するように見つめていた。

「母上、霧子さん、参りましょう。なぜ兄上は父上の生き方を真似《まね》るのでしょうか」

「睦月、真似てなどいないぞ」

「ならばなぜ」

「父上の口癖を思い出せ。運命《さだめ》に逆らうわけにはいくまい」

「運命をお決めになったのはだれでございますか」

「それは分からぬ。だが、それがしは父の跡を継ぐと上様に約定した。ゆえにその道をひた走るのだ」

「なんだか、分かったようで分からない理屈です」

「かもしれん」

空也が正直な気持ちを口にした。

関前の内海に突き出た白鶴城、そしてその西側には城下が広がっていた。

豊後水道に大きく両の羽を広げた雄美岬と猿多岬、そして優美な鶴の頭が城ならば、城下が鶴の体にあたった。

河出慎之輔、舞、そして小林琴平の三人の墓の向こうに関前の海と山と城と城下が広がっていた。

青空には一片の雲も浮かんでいなかった。

五人は手分けして墓の周りの草むしりをして、掃除をした。空也が翠心寺に行き、閼伽桶に水を汲《く》んできた。

夏花を飾り、磐音は腰に着けてきた瓢《ひさご》の酒を自然石の墓石に注いだ。

だれが置いていったのか、墓石には二本の赤樫《あかがし》の木刀が立てかけてあった。

中戸道場時代の仲間が置いていったものか、と磐音は思った。

磐音が線香を手向けて、五人揃って合掌した。

（慎之輔、舞どの、琴平、戻って参った）

磐音は胸の中で呼びかけた。すると遠い世界から声が返ってきた。

（坂崎磐音、そなたがいちばん苦しい途《みち》を選んだな）

琴平の声だった。

（いかにも磐音らしい生き方じゃ）

こちらは慎之輔だった。

（奈緒にまで気を遣われて損な性分ですこと）

舞の声が耳朶《じだ》の奥に響いた。

（一度くらい狂うてみよ）

琴平が笑った。

磐音は、運命に従うただけじゃ、と力なく胸の中で応えた。

（われらの位牌を持ち歩いておるのか）

磐音はこたび、三柱の白木の位牌を関前に持参するかどうか迷った末に、神保小路の仏壇に残してきた。

（そなたらにはこの立派な墓所が関前にあるでな。あの位牌はそれがしが死ぬとき、携えていこうと決めた）

三人の笑い声が響いて消えていった。

「父上」

空也の声がした。

磐音は合掌した手を開き、振り向いた。

全く瓜《うり》二つの二人の武芸者が磐音らを見ていた。双子であろう。

二人の体から血腥《ちなまぐさ》い臭《にお》いが漂ってきた。

背丈は五尺六寸余、腰がしっかりとして胸板厚く、短い足がどっしりと大地を踏みしめていた。

霧子の姿がいつの間にか消えていた。

「なんぞ御用か」

「坂崎磐音じゃな」

「いかにも坂崎磐音にござるが、お手前方は」

「信抜《しんぬき》流神波《じんば》理助《りすけ》」

「同じく神波仁吉《じんきち》」

と同じしわがれ声が名乗った。

「どちらが石岡淳一郎どのを殺められたか」

「わしが背後から近付き、振り向いた反対側から弟が首筋を撫で斬った」

「そうやってこの世を渡ってきたのであろうな」

「双子に生まれた宿命を利用せぬ手はあるまい」

「もはやその手は坂崎磐音には通じぬ」

「江戸でいささか持て囃《はや》されて増長しておるようじゃ。信抜流の手並みを見せてくれん」

兄の神波理助が応じて剣を抜くと、弟も続いた。

「父上」

空也が磐音に呼びかけた。磐音が振り向くと、

「この者らの相手、空也にて十分にございます。石岡淳一郎様の仇、空也が取ってみせます」

と空也が言った。

磐音は空也の眼差しを見て、

「願おう」

と答えた。

おこんが小さな悲鳴を上げた。

空也は、家斉から拝領した備前長船派の作刀、修理亮盛光を腰から鞘ごと抜くと、父に預けた。

「河出慎之輔様、小林琴平様、木刀をお借りいたします」

声をかけた空也は、墓に立てかけられていた二本の木刀を手に、二人に向き合った。

「おのれ、小童《こわつぱ》、われら神波兄弟を虚仮《こけ》にいたすか」

神波兄弟はつい憤怒に駆られた。この時点で平静を欠いていた。

空也が二本の木刀を両手に広げ持ち、するすると下がった。

間合い六間。

空也は夏の陽射しに白く輝く豊後水道を望む斜面を背にしていた。その向こうには数十丈の切り立った崖《がけ》が海に落ちていた。

「参られよ」

神波兄弟が同時に空也に向かい、走り出した。

一瞬にして間合いが縮まった。

八双、逆八双の構えで神波兄弟が迫ったとき、空也の腰が沈み、その場で飛び上がった。

二人の視界から空也の姿が消えた。空也の体が、墓に枝を差し伸べた椎《しい》の葉陰に溶け込んで消え、神波兄弟は空也の体と動きを一瞬見失った。

「兄者《あにじゃ》」

「弟」

という声がした直後、虚空から空也が姿を見せて、二本の木刀が鋭く振りきられ、立ち竦む二人の額に木刀がめり込んだ。

ぎえええっ！

二つの絶叫が重なり、神波兄弟は前のめりに夏草の斜面を転がると、切り立った崖から海へと落下していった。

空也がふわりと墓の前に着地したのはその瞬間だ。

磐音に一礼すると、墓の前に行き、

「使い込まれた木刀にございました」

と言いながら元の場所に戻した。

磐音の耳の奥に、琴平と思える笑い声が響いた。

四

神保小路の尚武館道場は、再興なって二年以上が経った今、周りの武家屋敷に溶け込んで落ち着きを取り戻していた。

道場主が不在の間、登城前に、時には下城の途次に、家斉の御側御用取次速水左近が姿を見せるために、師範や住み込み門弟、それに通いの門弟衆も気が抜けなかった。

寛政の改革を主導した松平定信《まつだいらさだのぶ》が失脚して二年余、若い家斉の頼りは速水左近との評が殿中で定着していた。その速水が睨《にら》みを利《き》かせているのだ。

師範の中でも一番古株になった依田鐘四郎、さらには佐々木《ささき》玲圓《れいえん》時代の門弟たちが道場着で竹刀を手に大勢の面々を鼓舞するため、息が抜けなかった。

とにかくその中でも一番張り切っているのは神原《かんばら》辰之助《たつのすけ》で、次から次へと相手をしながら、必死で坂崎磐音の不在の道場を護《まも》ろうとしていた。

辰之助は三十四歳、剣術家として脂《あぶら》が乗りきった時を迎えていた。

この朝、小梅村から田丸輝信が六人の門弟を引き連れて稽古に駆け付けた。ために活気が一段と増した。小梅村の道場では、向田源兵衛が残った門弟たちに稽古をつけていた。

神保小路の朝稽古は、六つ半（午前七時）時分から五つ（午前八時）の刻限が一番込み合った。

およそ二百人を超える門弟が気合いを入れて稽古をする光景は、

「壮観」

の一語に尽きた。

速水左近は登城のために五つには見所《けんぞ》を空けた。だが、体は動かぬが口だけは達者な古手の門弟衆が、

「睨み」

を利かせているために手を抜くことも叶《かな》わなかった。

家斉のお墨付きで再興なった事実は、尚武館道場が公儀ご免の道場であることを世間に知らしめた。ために大名諸家、直参《じきさん》旗本などの子弟が競って入門してきた。

十三歳以下の少年組を西国訛《なま》りの小田《おだ》平助《へいすけ》が槍折《やりお》れで足腰を鍛える光景は、今や尚武館道場の名物になった。

中には槍折れなど下士の武芸と蔑《さげす》む者もいた。

だが、槍折れの稽古を弛《たゆ》まず続けると、足腰がしっかりとして、剣術の基《もとい》となる体の線がぴたりと決まり、一本筋が通ったようで、だれの目にもその効果が知れた。

とはいえ、まだ体ができていない少年組に槍折れを無理強いすることはなかった。一日半刻を目安に自らが指導して、ゆっくりと続けさせた。

広い道場ゆえ、見所から一番遠いところが槍折れ稽古の場となった。

小梅村の道場は三分の一の広さしかなかったために、槍折れの稽古は庭で行っていた。ゆえに体面を重んじる年配の武士は、裸足で行う槍折れ稽古に決して手を出そうとはしなかった。

それを、神保小路は道場内で行うことができた。すると、

「わしもやってみようか」

という気になった門弟が槍折れを試みて、その激しい稽古に驚いて、

「これはきつい」

と途中で動きを止めた。

一方で小田平助が手塩にかけ、最初から無理せぬように稽古をつけてきた少年

組の者たちは、大人が使う槍折れより軽めの道具とはいえ、それを持って軽々と動き廻り、遊び半分で稽古に加わった大人たちを驚かせた。そんな大人の一人、旗本神永義雄《かみながよしお》が、

「小田どの、槍折れをばかにしておった。これはきつい」

「きつい動きを毎日倦《う》まず弛まず繰り返しておりますとたい、しっかりとした足腰になって道具の扱いが自在になりますと。神永さん、一年我慢してくさ、稽古してみんね」

神永が、ううーんと考え込むのへ、

「わしの言うことがくさ、真のこととは思えんな。武術の稽古に上下はなかとたい。なによりくさ、黙って稽古ば一年続けると、体の動きに粘りときれが出てきますと。騙《だま》されたと思うて続けてみんね」

と小田平助に諭《さと》すように言われた神永が、

「小田どのはいくつになられる」

と反問した。

「還暦ば過ぎましたと」

「では、いくらなんでもその重い道具はもはや振り回せまい」

神永が思わず口にしてしまった。

「神永さん、人というものは不思議なもんばい。いったん体に染みついた芸はくさ、歳をとっても大丈夫たい」

「ほう、ならばそれがしにご披露願えぬか」

どことなく神永が居直った。

「神永さんはいくつな」

「二十五にござる」

「わしの半分以下たいね。よか、こん小田平助と一緒に槍折れの基を続けてみましょうかな」

小田平助は少年組を壁際に下がらせ、神永と十分に間合いをとって向き合った。

「まず、肩の力を抜きない。五体に無駄な力がかからんごとしてくさ、ほれ、槍折れを両手で持って、こう動かしてみない」

と小田平助が手本を示した。すると六尺を超える棒が、小柄な小田平助の体の一部になったように自在に動いた。

「よし、その程度ならできよう」

両手に握った槍折れを、木刀の素振《すぶ》りをするように扱おうと神永が試みた。だが、まず腰が定まらず、槍折れを手の力だけで動かそうとしたせいで体の軸が揺れ動いた。

「おや、六十を越えた年寄りにできて、なぜそれがしにできぬ」

力を入れれば入れるほど、神永はひょろひょろとなんとも頼りない。

見物の少年組には笑いを堪《こら》えている者もいた。

「まだ序の口たい、神永さん」

それまで不動だった小田平助が、槍折れを頭上で大きく回転させ始めた。そして、両足で道場の床を蹴り、槍折れを握っていた両手が片手に変えられて、まるで羽が生えた鳥が虚空を遊ぶように律動的に飛び跳ねた。それでいて、小田平助の動きには、

「隙《すき》」

を見いだせなかった。

「わあー」

と神永が叫んで道場の床にへたり込んだ。

その様子を見た小田平助が、
ぴたり

と動きを止めた。重い槍折れを自在に振り回しても、格別に息を弾ませているわけではなかった。

「魂消《たまげ》た」

神永が化け物でも見るような眼で小田平助を見た。

「神永さん、道場の跡継ぎの空也様はくさ、わしがこさえた軽い槍折れでくさ、六つ、七つくらいから、こん稽古を始めたと。そのせいでくさ、十三、四になったときには、無理に力ば入れんでん、自在に扱えるようになったと。槍折れのよかとこは利き手だけではのうて、もう一本の手が自在に使えるようになることたい。木刀の持ち方には右手、左手にそれぞれに決まりがあろうもん、それは大事な基たい。空也様はくさ、近頃では右手でも左手でも等しく力を出せるようになっとったもんね」

小田平助が空也を例に出して神永に言った。

「小田先生、それがしを弟子にしてくれませぬか。それがし、御番衆の一員でありながら、剣も槍も弓も中途半端。なにかひとつくらい朋輩より秀でた技が欲しゅうござる。会得したい」

「もはや、そなたは尚武館道場の歴《れっき》とした門弟たい。こん道場の先生はただ一人、坂崎磐音様たい。剣術はくさ、坂崎先生が江戸に戻られてくさ、びっちりと習いない。わしができることはくさ、基になる体を造ることたい。それでよかな」

「よか」

と思わず返事をした神永が、

「あ、いや。よか、ではござらぬ。お願いいたします」

と頭を下げた。

「ならばこの少年組の一員としてくさ、だれになんば言われようと一年我慢しない。きっと神永どのの体も変わり、剣術も上達しますばい」

その日から少年組に交じり、神永の槍折れ稽古が始まった。


この日、磐音一家と利次郎、霧子は、禅宗妙心寺《みょうしんじ》派の青風山大照院の山門を潜り、関前藩福坂家の初代福坂栄高《ひでたか》ら代々の藩主が葬られている墓所にお参りした。さらにこの大照院の隣にある坂崎家の菩提寺、養全寺に向かった。

こちらでは顔見知りの老和尚青巌《せいがん》が待ち受けていて、坂崎家の先祖の前で経を上げてくれた。

長い読経《どきょう》になった。

あの世にある霊よりも、ただ今死との戦いを繰り広げている者へ向かって読経を終えた青巌が、

「ご家老の加減はどうじゃな、磐音どの」

と尋ねた。

年寄りの常で耳が遠くなり、その分、声が大きくなっていた。

「父は、もはや覚悟をしております」

「なんでも、最後に城上がりしたいとお思いじゃと聞いたがのう」

「香川先生は、もはやそれも無理と申されております」

「まさか今日明日ということはござるまい」

「細々ながら食せるようになっておりますゆえ、今日明日ということはないかと存じます」

「さようか、もしやの折りはすぐにお知らせくだされよ」

と青巌が願い、磐音一行と和尚は山門の前で別れた。

磐音らはその足で関前神社にお参りした。

関わりのある神社仏閣に参る磐音の顔には、死を覚悟した父を想う哀しみが漂っていた。

関前神社を出て鍵曲がり小路に入った磐音一行は、西に向かった。そして、最初の辻《つじ》で磐音が足を止めた。

左手の一本先の辻は、御番《ごばん》ノ辻だ。

しばし沈思していた磐音がそちらに向かい、頭《こうべ》を垂れて合掌した。

なんのために磐音が手を合わせたか、だれも分からずにただ見ていた。

「足を止めさせたな」

一行に声をかけた磐音は、武家地をさらに西に向かった。

「父上、なぜ辻に向かって合掌されたのでございますか」

思い切ったように空也が磐音に尋ねた。

磐音が振り返り、一行が足を止めた。

その顔に追憶の情があった。

「明和九年四月二十九日、河出慎之輔、小林琴平、そして坂崎磐音、われら三人の志は、無残にも砕かれた。怒りに震え、御番組頭次男の山尻頼禎《やまじりよりさだ》の屋敷に立てこもった小林琴平を討つ命が、国家老の宍戸文六様から下った。やむなく、それがしが小林琴平と戦う羽目になった」

「奈緒様の兄上と父上が戦われた辻が、あの場所でございますか」

空也の言葉に磐音が無言で頷いた。

しばし沈黙して佇む磐音におこんが、

「話には聞いておりましたが、まさかその辻があろうとは」

「思わなかったか、おこん」

「考えもしませんでした」

「小林琴平は、流言に惑わされて妻を討ち果たした河出慎之輔をはじめ、埒もない噂の相手とされた山尻頼禎を斬り捨て、捕り方を含め八人を討ち果たしていた。それがしはわれらの師中戸信継様に代わって、琴平と対決せざるを得なかった。御番ノ辻に陽炎《かげろう》が立つほど暑い昼下がりでな、上意討ちなど、それがしの頭にも琴平の頭にもなかった。互いの力を知る戦いであったのだ。勝敗は時の運、琴平を斬った感触が今も掌に残っておる。あの日、父は」

と言いかけた磐音が、

「すべてを失うたのだ」

と呟くと黙したまま歩き出し、一行が従った。

武家地を抜けたとき、磐音は足を止めて言った。

「だが、父は生きてきた途を悔いてはおらぬ」

のです」

霧子が利次郎に言い聞かせるように言った。

「それはそうだが」

と利次郎が言い、

「霧子、国許の家臣の方々は皆、明和九年の戦いをまるでなかったかのように口を閉ざす。最前、磐音先生から話を聞いて背筋がぞくりとした。重富利次郎、未だ木鶏《もっけい》たりえず、じゃな」

「どのような意味ですか」

と空也が尋ねた。

「強さを表に出すようでは一人前ではないということだ。最強の闘鶏は木で造られた鶏のように表情を顔には出さぬ、ということだ」

利次郎の声が磐音に届いたか、

「利次郎どの、その言葉、この坂崎磐音にも当てはまる。未だ木鶏たりえず、御番ノ辻の戦いを思い出すと胸がざわつくのじゃ」

と後ろを振り返り、言い訳した。

しばし無言を通した利次郎が、

「磐音先生、剣術家坂崎磐音の戦いは、朋友小林琴平様との戦いに始まったのですね」

利次郎の言葉に磐音はしばし思いを巡らせた。

須崎川の土手道に青い芒が靡《なび》いていた。

「利次郎どの、迂闊なことにそのことは考えもせぬことでござった。小林琴平との戦いが剣術家坂崎磐音を作ったのか、あるいはその戦いが次の戦いを招いたのか、自らばかりか、そなたらまでこの道に引き入れてしもうたな」

「いえ、磐音先生は松平辰平にもそれがしにも剣術家の道を歩むことを禁じられ、奉公に生きよと命じられました」

「さような言葉を吐いたか」

「磐音先生はわれらの分まで背に重荷を負われたのです」

磐音は黙したままだった。

「先生、おこん様、花咲の郷が見えてきました」

と霧子が対岸を指した。

須崎川対岸の花咲山の麓には、橙黄色《とうこういろ》の花畑が広がり、一行の眼を奪った。

なんとまあ、と嘆声を上げたおこんがしばし絶句し、

「奈緒様が育てられた関前紅花でございますね」

「ああ、奈緒が六年がかりで栽培した関前の新たな宝物じゃ。この景色にまさるものはないな」

と磐音も嘆息した。

出羽《でわ》国の最上紅花の光景と眼前の景色が、一瞬、磐音の脳裏で重なった。

第三章　関前の紅花畑

一

朝霧の中、花咲山の麓に、紅花畑が艶《あで》やかにもしっとりと広がっていた。

おこんと睦月は、奈緒と霧子に教えられて紅花摘みを手伝うことにした。

紅花が咲くのは、半夏生《はんげしょう》の頃のわずか七日間から十日余の間だけだ。

須崎川上流の花咲の郷に一斉に咲き誇る紅花は、今や関前の名所になっていた。

「おこん様、睦月さん、紅花の葉っぱにはとげとげがあります。怪我《けが》をしないように気をつけて摘んでください」

お紅が、初めて紅花に接するおこんと睦月に注意した。

二人は奈緒一家から借り受けた木綿《もめん》の作業着に手甲脚絆《てっこうきゃはん》を着け、足袋《たび》と草鞋《わらじ》で足元を固めていた。

「奈緒様、これが関前紅花なのですね」

おこんは、奈緒の難儀した歳月の重みを想い、胸が感動に打ち震えていた。

昨日、奈緒らの家に到着したとき、夏の陽射しが西の山の頂《いただ》きに落ちて、もはや紅花畑に入るには遅かった。

おこんらは少しでも紅花摘みを手伝おうと考えて来たので、翌朝早く、朝霧にきらめく紅花畑を訪ねることにした。

奈緒は、磐音らのために湯を沸かし、関前の海で獲れた魚や花咲の郷で栽培された夏野菜で馳走を作って、もてなしてくれた。

交代で湯に浸《つ》かった磐音一家と利次郎、霧子夫婦は、奈緒一家とともに夕餉の膳を囲んだ。

酒も用意されていた。

そのとき、奈緒が下座の座布団から下りて、磐音とおこんに深々と頭を下げた。

磐音らもそれに応じて姿勢を正した。

「磐音様、おこん様、関前のわが家をようもお訪ねくださいました。まさか小林家の血筋の女子が、関前領内に住まいを許され、紅花栽培をする日が来ようとは、努々《ゆめゆめ》考えも及ばぬことでした」

奈緒はしばしなにごとか追憶するように間を置いた。そして、磐音を、次いでおこんを見た。

「それもこれも、坂崎磐音様とおこん様が私ども一家を見守ってくださったお蔭です。紅花栽培を始めて三年目の夏、大満足とは申せませんが、まあまあ得心のいく紅花が育ちました。これならば最上紅花とは違った色合いの紅餅を造ることができると手応えを得ました。あれから二年、関前紅が江戸でも少しずつ認められるようになりました。これでようやく殿様、ご家老の正睦様、そして磐音様、おこん様方の恩情にわずかながらも報いることができます。今宵は関前の紅花を月明かりで眺めながら、ゆっくりとお過ごしください」

奈緒の丁重な挨拶に磐音は頷きながら、あの陽炎立つ御番ノ辻の戦いを思い出していた。

明和九年に流れた血の悲劇から長い歳月が経っていた。それが河出、小林、坂崎三家の運命を変えた。そして、二十三年余の年月が、関前での再会の日を設けてくれたのだ。

「遠回りの生き方にございました。ですが、どのようなことであれ、私は己を偽って生きてきた日は一日たりともございません。そのお蔭で紅花という生涯の仕事に、幸せにも出会うことができました。悔いなど小指の先ほどもございませんん」

奈緒が言い切った。

沈黙が場を支配した。

だれもが奈緒の言葉を必死に受け止めていた。

「奈緒、苦労であったな。数多《あまた》の難儀、数々の運命を乗り越えてきたそなたの力に坂崎磐音、ただただ感服いたす。ようもここまで頑張り抜いた。慎之輔、舞どの、琴平の三人に『私はこうして生き抜いてきました』と胸を張って言えるのは奈緒、そなただけじゃ。よう耐えて、紅花のような鮮やかな花を咲かせてくれた」

磐音の言葉に奈緒は身を震わせた。その頰を伝って静かに涙が流れ落ちた。

おこんは、自分たちの幸せも奈緒の苦難の上に成り立っていると、不思議な縁を、運命を感じていた。

関前での悲劇がなければ磐音に出会うこともなかったであろう。

(人の生き方は転がる石か、春先の微風のようだわ)

とおこんは思った。

転がる石が流れの下に隠れた岩に当たって方向を転じるように、また、風が木の小枝に触れて戦《そよ》ぎを変えるように、人は人との出会いによって変わるものだと思った。

利次郎も霧子も空也らも言葉を発する術《すべ》を知らず、ただ奈緒の挙動を見詰めていた。

しばし無言の時が流れ、お紅が、

「母様」

と手拭《てぬぐ》いを差し出した。

「皆様の前で恥ずかしい姿を晒《さら》しました、お許しください」

「いえ、奈緒様、それは違います。このような美しい涙は、流したことも見たこともございません。亀之助さん、鶴次郎さん、お紅さん、あなた方の母御はだれよりも素晴らしいお方ですよ。あなた方の父御、前田屋内蔵助《くらのすけ》様の夢を、出羽国最上から遠く離れた豊後関前の地に移して見事に咲かせたのです。だれにも真似のできることではございませんよ」

おこんが三人の子らに切々と諭すように説《と》き、三人がそれぞれ頷いた。

「ご一同様、折角のご馳走が冷めてしまいます。私はこれ以上待てません」

空也がその場の雰囲気を変えるように言い出し、

「空也様、お待たせいたしました」

慌てた奈緒の声が変わり、賑やかで和やかな夕餉が始まった。


翌朝、朝の間に紅花摘みの作業を終えた。

関前暮らしで三度目の夏を迎えた霧子は手慣れたものだった。

初めてのおこんと睦月は何か所も紅花の刺《とげ》に刺された。だが、おこんにも睦月にも奈緒の苦難をわずかながら体験できる心地よい怪我であり、痛みであった。

花咲の郷の女衆もすっかり紅花摘みに慣れたとみえ、歌いながら作業をしていた。

はあー　刺がある女《ひと》ほど美しい
はあー　刺がある紅ほど鮮やかよ
関前花咲　須崎川の紅は
女が流した血と涙

はあー　刺がある女ほど美しい
はあー　刺がある紅ほど鮮やかよ

女衆が紅花摘みをする光景を、奈緒が花咲の郷の名主から借り受けた百姓家の縁側で眺めながら、磐音は、

(奈緒一家が安住の地を得たのならよいのだが)

と考えていた。

そして姉さん被りに菅笠《すげがさ》を重ねた奈緒の、

(苦難の旅路は終わったのであろうか)

と思いを巡らしていた。

(いや、未だ一つ決着をつけねばなるまい)

それには大きな代償が支払われることになる、と覚悟を新たにした。

庭先では利次郎と空也が、奈緒の家の納屋《なや》にあった鍬《くわ》の柄を木刀代わりに稽古をしていた。

利次郎は初めて空也と立ち合った。

むろん打太刀を利次郎が務め、初心の仕太刀を空也が務めた。

空也が攻め、利次郎が受けるのだ。

一頻《ひとしき》り二人の探り合いが繰り返され、ついには紅花畑を背景に利次郎と空也の鬩《せめ》ぎ合いが始まった。

磐音はなんとなく、遠い昔のでぶ軍鶏《しゃも》と痩せ軍鶏の立ち合いを思い出していた。庭先では男二人が剣術の稽古をし、その向こうでは紅花摘みが行われている。

磐音は、女の覚悟には男は到底敵《かな》わぬ、と思った。

不意に利次郎が木刀代わりの鍬の柄を引き、空也が、

「ご指導有難うございました」

と一礼した。

「磐音先生」

利次郎が言いかけ、磐音が視線を向けた。すると利次郎が顔を横に振り、

「言葉など無用にございましたな」

と笑った。

「利次郎どの、初めて空也と立ち合《お》うてみて、いかがであった」

「十六の折りのそれがしを思い出していました。なんと拙くも未熟な十六であったかと、恥ずかしいかぎりです」

利次郎が正直な感想を述べた。

そこへ女衆が朝摘みした紅花を庭へ運んできて、風通しのよい日陰に敷いた竹莫蓙《ござ》の上に散らして乾かし始めた。

花びらを酸化させるための重要な工程だった。

庭が紅花色に染まった。

磐音らは紅花造りを昼下がりの刻限まで眺めて過ごした。

帰りは、須崎川を舟で下る手配ができていた。紅花を積み出すために関前藩の物産所が用意した紅餅舟だ。

紅花摘みも紅餅造りもこの十数日が山場だった。

霧子は奈緒の手伝いに残ることにした。

磐音一家と利次郎の五人は、花咲の郷の男衆万作《おとこしまんさく》が船頭の紅餅舟に乗って流れを下ることになった。

「奈緒様、馳走になりました。なにより紅花摘みは貴重な経験になりました」

おこんが奈緒に話しかけ、奈緒も、

「おこん様、またおいでください」

女二人が別れの挨拶をして紅餅舟が須崎川を下り始めた。

「おまえ様、奈緒様はどのような試練にも立ち向かい、頂きに立たれるお方ですね」

「いかにもさよう。苦労が人を大きゅうするものじゃ」

「父上、近頃説教じみておいでです」

空也が磐音に言った。

「そうじゃな、奈緒の生き方の前に、言葉など無用であったな」

紅餅舟は、流れに乗ってひたすら二里半先の須崎川河口の一石橋を目指した。

半刻を過ぎた頃合い、紅餅舟は一石橋に到着した。

だがそのとき、舟から下りたのは、磐音、おこん、睦月の三人だけだった。どこで舟から下りたのか、利次郎と空也の姿が消えていた。


その夜九つ（午前零時）過ぎ、花咲の郷の奈緒方に忍び寄る影があった。

五つの影だ。

二人は黒羽織に袴姿の武士であった、関前藩の藩士であろう。あとの三人の形《なり》はばらばらで旅姿であった。三人は江戸で関前藩御番衆比良端隆司に雇われた武芸者であろう。いかにも中老伊鶴儀登左衛門の命で、比良端が江戸とその近郊を巡って集めた腕利きの残党だろう。

比良端が集めた六人のうち、すでに三人が欠けていた。

一人目の石岡淳一郎は、臼杵道に繋がる峠道で磐音に敗れ、命を救われたにも拘《かかわ》らずなぜか関前城下に入り込んだところを、信抜流の神波理助、仁吉の双子の兄弟剣客によって殺害された。

この二人を、猿多岬の河出慎之輔、舞夫婦、小林琴平の墓前で、二本の木刀で対して打ち果たしたのが空也だった。

大胆に踏み込んでくる二人を、何年も修行に励んだ堅木《かたぎ》の丸柱打ちの跳躍で空也が躱すと同時に、振り下ろした二本の木刀が二人の額を叩いて、断崖から関前の海へと転落させていた。

坂崎磐音に対抗すべく雇った刺客の半数が磐音に傷一つ負わせることなく死んでいた。

怒りを爆発させた中老の伊鶴儀は、あれこれと思案した結果、坂崎磐音にとって弱みとなる奈緒一家を、人質にとることにした。

その拉致《らち》のために同行を求められた三人の刺客、一刀流高瀬《たかせ》荘《そう》右衛《え》門《もん》、香取神道流矢崎村平八《やざきむらへいはち》、鎌田流棒術の達人両津金五郎《りょうつきんごろう》は、思いがけなくも、

「われら、相手が直心影流坂崎磐音というで、そなたらの誘いに乗ったのだ。女子供を勾引《かどわか》すために豊後関前くんだりまで下向してきたのではない」

と息巻いた。

だが、必ずや坂崎磐音との対決の場を設けるという約定と、事が成就した折りには関前藩士として召し抱えるという提案に、花咲の郷への同行を渋々承諾した。

奈緒一家は当然眠りに就いていていた。

その接近に気付いたのは霧子だ。

すぐに身仕度をした。腰の革袋に入った鉄菱《てつびし》を両手に二つずつ掴むと、静かに寝間から抜け出そうとした。

「霧子さん、なにか」

「奈緒様、よからぬ輩が現れたようです」

「中老の伊鶴儀様の配下の者ですか」

おそらく、と答えた霧子が、

「家の中で静かにしていてくださいまし」

と願うと、土間から心張棒《しんばりぼう》を外して戸を引き開けた。

庭先に黒い影が五つあった。

「かような真夜中に物盗りですか」

「女子、残っておったとはな、何者か」

黒羽織の一人が霧子の問いには答えず、反問した。

「関前藩御番衆にして剣術指南重富利次郎が女房です」

「なに、剣術指南の女房じゃと。厄介《やっかい》な」

「紅花百姓の一家といっしょに攫《さら》うしかあるまい」

ともう一人の黒羽織が応じた。

「できますか」

霧子が言った。

中老組の家臣二人が後ろを振り返った。すると江戸で雇われた三人の剣客らは、霧子を女と見て、知らぬ顔の半兵衛を決め込んでいた。

「手伝わんのか」

「女一人じゃ。おぬしらでも間に合おう」

三人の中で年配の高瀬荘右衛門が言い放った。

「役立たずが」

と吐き捨てた黒羽織が、

「大人しゅうせよ。しからば痛い目には遭わせぬ」

と霧子に命じた。

霧子は両手に持っていた鉄菱を口に咥《くわ》え、背に手を回して最前外した心張棒を探り、握った。

黒羽織の二人が不用意に霧子に近付いたとき、間合いを計っていた霧子の手の心張棒が躍った。鳩尾《みぞおち》に向かって敏速にも突きを繰り返し、二人はくたくたとその場に崩れ落ちた。

一瞬の早業だ。

「うむ」

三人の刺客が一瞬にして緊張し、警戒態勢に入った。

「ただの女子ではないな」

「私の役目は終わりました。そなたらが相手にするのは、後ろのお二人です」

霧子の言葉に、三人のうち二人が振り向いた。だが、高瀬は霧子の動きを警戒して眼を離さなかった。

「高瀬氏」

鎌田流棒術の達人両津金五郎が高瀬の名を呼んだ。

高瀬は霧子の動きを警戒しながらも後ろをちらりと振り返った。

朝の間、庭で鍬の柄を木刀代わりに立ち合いをしていた二人、重富利次郎と坂崎空也が月明かりに確かめられた。

「われら、嵌《は》められたぞ」

高瀬が朋輩の二人に言った。

「相手は二人、いや、女を入れて三人か、何事かあらん」

香取神道流の矢崎村平八が鯉口《こいぐち》を切った。


磐音は父の臥所《ふしど》のかたわらにあった。

行灯《あんどん》の灯《あか》りの中でようやく正睦が眠りに就いた。

磐音らが戻ったと知ると、正睦は、磐音、おこん、睦月の三人を呼び、

「今年の紅花の咲き具合はどうであった」

と奈緒の仕事を案じてみせた。

「見事な出来にございました。それがし、出羽国で最上紅を見たことがございますが、『紅一匁《もんめ》金一匁』と称される最上紅に劣らぬ出来栄えと見ました」

「そうか、よう奈緒は頑張ったな。新たな関前の名物がこれでできた」

「いかにもさようです。父上、明日にございますな」

「おお、やり残したことをなさぬでは死にきれんでな」

「ならば、少しお休みください」

磐音はおこんと睦月を下がらせ、二人だけでしばし改めて打ち合わせをした。

「磐音、眠ることに飽きたわ」

正睦はいつまでも磐音と話をしていたがった。

正睦は何度も繰り返して、奈緒の紅花の出来を訊き、そのたびに満足げな笑みを浮かべた。

磐音は正睦の寝息を確かめて、

(明日は決行の時だ)

と胸に言い聞かせながら、そっと立ち上がった。

二

磐音は、人の気配に眼を覚ました。

枕辺に置いた包平《かねひら》を手に、中庭を囲んだ書院を抜けて廊下に出た。すると庭の一角に忍び装束の霧子が控えていた。

「やはり、女子供ばかりと思うて襲い来たか」

磐音は呟くと、

「ご苦労であった」

と労《ねぎら》い、霧子を廊下から書院に招じ上げた。

おこんはすでに寝間着の上に羽織を着て、書院の行灯に火を入れていた。

行灯に霧子の顔が上気しているのが見えた。

「報告を聞こう」

「九つを過ぎた頃合い、五人の者が奈緒様の家に近付くのに気付きました。中老伊鶴儀登左衛門一派の御使番三岳《みたけ》五郎造《ごろぞう》、徒士組磯部《いそべ》貞吉《さだきち》と申す下士に案内された三人の武芸者、一刀流高瀬荘右衛門、香取神道流矢崎村平八、鎌田流棒術の両津金五郎にございました」

「相手は五人、手古摺《てこず》ったか」

「いえ」

霧子は、女一人と思い、不用意に近づいてきた三岳と磯部に、心張棒を突いて気を失わせた経緯を淡々と述べ、そこへ重富利次郎と空也が加勢に加わったことを告げた。

その折り、霧子の両手には二つずつ鉄菱が隠し持たれていた。

「その後の経緯を手短に申し上げます」

高瀬ら三人と利次郎、空也は、昼間紅花を日蔭干ししていた庭で対決した。


「女はあとだ」

三人の中の年長者高瀬荘右衛門が二人の仲間に命じた。

だが、二人から返事は戻ってこなかった。

霧子は三人がそれなりの剣術と棒術の手練《てだ》れであることを見てとっていた。一方で矢崎村も両津も、高瀬が頭分面《かしらぶんづら》をするのを快く思っていないふうだと、感じていた。三人は長年の付き合いではなく、最近関前領内で引き合わされたばかり、となれば三人が三人分の力を発揮しないということだと、霧子は推測した。

尋常の勝負ではない、一刻も早くカタをつけることが肝心だとも霧子は思った。

空也は、昼間稽古した折りに使った鍬の柄を手にしていた。

月明かりの下、三対二が無言で向き合った。

それぞれ得物《えもの》を構え合った。

間合いは十分にあった。

霧子は三人の技量を上から高瀬、両津、そして矢崎村と見た。

「空也どの、命を絶つほどの相手ではござるまい。伊鶴儀の前に顔出しできぬ程度に痛めつけようか」

利次郎が挑発するように空也に声をかけると、

「おのれ、ぬかしおったな」

と両津が得意の棒を構えながら言い返した。

手にした六尺三、四寸余の棒の両端には鉄環が嵌め込まれていた。

その前に空也が立った。

「空也様、時が勿体ないゆえ手出しをいたします」

霧子が言うと、その手から鉄菱が両津の利き腕の手首に向かって飛び、見事に当たった。

ううっ
と悲鳴を上げて鉄環の嵌った棒を取り落としそうになった両津は、なんとか痛みに耐えて、もう片方の手に持ち直した。だが、さらに眼の下を鉄菱が襲い、あらたな痛みに視界が揺らいだ。

その間に空也がするすると両津との間合いを縮めていた。

一方利次郎は、高瀬に的を絞り、矢崎村の動きを眼の端に捉えた。

「矢崎村、女子は飛び道具を隠し持っておる。女を斬り殺せ」

高瀬が矢崎村に命じた。

矢崎村は一瞬迷った。その顔面をも霧子の鉄菱が打った。

ああー
と悲鳴を上げた矢崎村が手で顔を覆って刀を投げ出した。

両津は利き腕と眼の下を打たれたにも拘らず、得意の棒を振り回しながら空也に攻めかかった。

次の瞬間、両津は空也の姿を見失っていた。眼の下を打たれ、視界が霞んでいた。空也はその隙に得意の跳躍をしていた。

うむ
と虚空に眼を彷徨《さまよ》わせたとき、虚空でしなやかな動きを見せた空也が攻めに移った。体を両津にぶつけるように接近すると、鍬の柄を構えて両津の棒を弾《はじ》き、さらに肩口を叩いて鎖骨を砕いていた。

ぎえええっ！

一瞬の勝負だった。

残るは高瀬荘右衛門だけだ。

「霧子、手出し無用じゃ」

利次郎が刀を正眼に置いて間合いを詰めた。

高瀬も老練な剣術家だ。

だが、二人の味方が一瞬にして戦闘不能になったことに、動揺を隠しきれずにいた。それでも利次郎の圧力を跳ね返すべく前に出ようとしたとき、霧子の鉄菱が喉に打ち込まれ、
うっ
と息を詰まらせ、体を竦ませたところを、

「利次郎さん、失礼」

と空也が鍬の柄で高瀬の脇腹を強《したた》かに叩いて、肋骨《あばらぼね》を何本かへし折っていた。

高瀬が崩れ落ちるように庭に転がった。

「霧子、空也どの、それがしの出番がないではないか」

利次郎が二人に文句を言った。

「亭主どの、勝負に時を要するのは無益です。私どもには次なる仕事が待ってお

ります」

霧子に言い返された利次郎が、高瀬の前に立った。

「そのほうら、中老伊鶴儀登左衛門との約定を果たし得なかった。あとは自分らの身を護ることを考えるのじゃな。どこへなりとも立ち去れ」

空也が痛みに呻《うめ》く両津のかたわらから鉄環の嵌った棒を摑みとると、矢崎村と高瀬の刀を二本いっしょにして強打し、へし曲げた。ついでに霧子が三人の髷《まげ》を切り取った。

体に傷を負い、得物を奪われ、ざんばら髪にされた高瀬ら三人は、ばらばらに須崎川のほうへと逃げ去っていった。

「残るはこの二人の口を割らせることよ」

「大したタマではなさそうだ。それがしが責めてみよう。その役くらい重富利次郎に任せよ」

空也が井戸端から水を汲んできて、三岳と磯部の顔にぶっかけて意識を蘇らせた。

二人はしばらく、なにが起こったのか分からぬ様子だった。無意識のうちに霧子に突かれた鳩尾辺りを手で押さえた。そして、利次郎、空也、霧子に囲まれていることに気付き、ともに怯《おび》えた眼差しで高瀬らを探した。

「あの者たち、もはや頼りにはなるまい。怪我を負い、刀二本と棒を置いて何処《いずこ》かに去った。夜道を関前領外へと逃げていよう」

利次郎が未だ手にしていた抜き身の切っ先を二人の前に突き出し、

「そなたらは逃がしもせぬし、殺しもせぬが、それも応対次第だ。まずは洗いざらい喋《しゃべ》ってもらおう」

と迫った。


「先生、あの者たちは、奈緒様一家を拉致して、深夜のうちに中老組が支配する藩物産所の蔵に連れ込む役目を負わされておりました」

霧子が磬音に、二人の関前藩士から聞き出したことを告げた。

「愚か者どもが」

「そこで亭主どのと空也様が相談し、三岳五郎造にかような文を伊鶴儀中老に宛てて認《したた》めさせました」

霧子が磬音に一通の書状を差し出した。

黙って受け取った磬音が書状を披《ひら》いた。

「ご報告申し上げます。

伊鶴儀様のご命どおり、紅花造りの女子、旧姓小林奈緒と子ら三人を捕えて藩物産所に連れ込む心積もりでございました。ですが、高瀬らのいささか乱暴なる所業に奈緒は子を護らんと激しく抗《あらが》い、最後には舌を噛《か》む騒ぎにまで至りました。その折りの怪我の具合、いささか芳《かんば》しくございませぬ。

また夜明けが近付き、城下に運び込むのは野良仕事に出向く百姓らの眼もあり、いささか困難を生ずると考え、未だ紅餅を保管する納屋に留め置いております。

高瀬らは行方をくらましましたが、磯部とともに厳重に警戒に当たっており、伊鶴儀様の新たなるご命次第で奈緒らの処遇を決することにいたしました。奈緒ら一家がこちらの手中にある証《あかし》に、奈緒が肌身離さず携帯しおる前田屋内蔵助から贈られたという出羽三山の護符を同梱いたしましたゆえ、ご受領くだされ。

ご指示を乞《こ》い奉り候《そうろう》
三岳五郎造」

と認められてあった。

磐音は二度ほど読み直し、

「霧子、この知恵、利次郎どのでも、また空也でもない。そなたの知恵じゃな」

磐音が笑みを浮かべて問うたが、霧子はその問いには答えず、話を先に進めた。

「三岳五郎造、磯部貞吉の両名は、万が一に備えて湊に停泊中の豊後丸に連れ込み、亭主どのと空也様が見張っております」

「いよいよ、今日が勝負の時じゃな」

と覚悟を新たにした磐音に、

「一つ気がかりなことがございます」

「なんじゃな」

「高瀬、矢崎村、両津を加え、江戸で雇われた剣客六人のほかにもう一人、伊鶴儀が頼りにする剣客がいる模様です。ですが、三岳ら中老派のだれ一人として、その者に会った者はいないとか。伊鶴儀の命だけで動く七人目の刺客こそ、中老の切り札かと思えます」

霧子の言葉に磐音はしばし考え、頷いた。

「霧子、三岳が認めた書状と奈緒のお守り札を、中老屋敷に密かに届けてきてくれぬか。それがし、父が目覚められたら、最後の確認をいたす」

磐音が霧子に命じた。

奈緒は夢を見ていた。

この十数年、しばしば見る悪夢だった。

安永二年(一七七三)、奈緒は父親の闘病代を得るために身売りして以来、肥《ひ》前《ぜん》国長崎、豊《ぶ》前《ぜん》国小《こ》倉《くら》、長門《ながと》国赤間関《あかまがせき》、山城《やましろ》国京と遊里を転々とし、ついには武蔵《むさし》国江戸の吉原へと辿《たど》り着いた。

その屈辱の旅路の記憶を夢が呼び覚ますのだ。

好きでもない男の腕に抱かれる苦痛を経験もした。その末に、ついには江戸の吉原の頂点、白鶴太夫として江戸じゅうに名をとどろかせた。そして、吉原で紅花大尽《だいじん》の前田屋内蔵助に身請《みう》けされて出羽国に旅立った。

遊女として頂点を極め、また紅花大尽前田屋内蔵助の妻女として落籍された奈緒だが、初めて会う客と一夜を過ごした記憶が薄れることはなかった。

いずことも知れぬ鄙《ひな》びた遊里の部屋で見知らぬ男のかたわらで一夜を過ごす夢を見ては、

はっ

として眼を覚ますのだ。

この夜明けもそのような夢を見た。

奈緒は蒲団《ふとん》の中で身を縮めながら、じいっとしていた。

夢であることを奈緒は承知していた。だが、過ぎ去った日々がただ今の奈緒を追いかけてきた。

両眼を開いた。

朝の気配があった。

夜、何者かが奈緒一家を襲おうとするのを霧子が制していた。

話の様子から、藩の実権を握ろうとする中老伊鶴儀登左衛門一派が、国家老坂崎正睦に対する脅《おど》しの切り札として使うため、奈緒一家を拉致しようとしていたようだった。

その者たちの企みを霧子とその亭主の重富利次郎、坂崎空也の三人が阻《はば》み、危難は去ったと寝床の中で安堵した。

何刻かうつらうつらした。そして、夢を見たのだ。

奈緒は昨夜来の出来事を思い返し、

(私は独りではない)

と言い聞かせた。

幼いとき、物心ついた折りから八歳年上の坂崎磐音の、

(お嫁さんになる)

と思い、なんの疑いも抱いたことはなかった。

婚礼を翌々日に控え、江戸から帰国した磐音ら三人は、国家老宍戸文六の奸計に落ちた。

まず河出慎之輔が妻のあらぬ噂に狂い、江戸からの帰りを待ちわびていた若妻の舞を殺めた。そのことに憤った舞と奈緒の兄、琴平が慎之輔を討ち果たした。そこで磐音が琴平を斬る上意討ちの役を命じられた。

一瞬にして幸せな日々は終わりを告げ、すべてを失い、悪夢の旅が始まったのだ。

奈緒は、蒲団の中から天井を見詰めながら、このような旅路の果てに、

「紅花」

と出会ったのだと思った。

紅花栽培も紅餅造りも紅猪口《べにちょく》造りも紅染めも、奈緒は紅を使う仕事とその出来上がった物すべてが好きだった。

ましてて故郷の関前領内の花咲の郷に、亡くなった亭主の最上紅を再現すべく、この数年苦闘してきたことが、ようやく実を結ぼうとしていた。

(私ほど幸せ者はいない)

と自分に言い切れた。

それもこれも、許婚だった坂崎磐音という人物が、どのような苦境にあろうとも陰から支えてきてくれたからだった。

(豊後関前の紅を最上紅に比肩しうる紅にしてみせる)

と自らを鼓舞した奈緒は、

「亀之助、鶴次郎、お紅、起きなさい。紅花が私たちを待っていますよ」

と襖《ふすま》の向こうに声をかけると、床から離れて、枕辺に用意しておいた作業着に着替えた。

奈緒は心張棒を外し、戸を引き開けた。

霧子が昨夜の騒ぎを知られぬように、辺りをきれいに片付けて関前城下に去ったことを知った。紅花の日蔭干しをはじめ、紅餅造りの作業場でもある庭に、

「戦い」

の痕跡《こんせき》はなにも残っていなかった。

磐音の周りにいる者たちの働きはなんとも見事だった。

奈緒と祝言を挙げ、豊後関前藩の家臣として奉公していたら、ただ今の、

「坂崎磐音」

はありえなかった。西の丸徳川家基《いえもと》の剣術指南に就くことも、直心影流尚武館道場の十代目道場主になることもなかったろう。

明和九年の藩騒動は何人もの生き方を変えたが、磐音も奈緒もそのことによって運命を転じてみせたのだ。

「母様、夜、表が騒がしかったが、なにかありましたか」

亀之助が奈緒に訊いた。

「夢でも見ましたか」

「いえ、霧子さんの声が庭からしたような気がしました。それに空也さんの声も聞こえた。どうだ、鶴次郎、聞こえたろう」

「兄さん、おれはぐっすりと寝入っておってなにも聞こえなかったぞ」

「おかしい、お紅はどうだ」

「兄さん、私もなにか物音を聞いたわ。あれはたしかに空也さんと利次郎様の声だったわ」

「ほれ、みよ。母様、お紅も聞いたというぞ」

亀之助が言い、お紅が母の寝所の襖を引き開けたが、奈緒の姿はもはやなかった。

「兄さん、母様はもう外に出ておられる」

「なんだ、母様はおれとお紅の言うことを聞いておられぬのか」

「兄さん、霧子さんはどうした」

「紅花畑か。それは大変だ。手伝いの霧子さんよりおれたちが遅れては、母様に叱《しか》られるぞ」

慌てた亀之助ら三人が寝間着から作業着に着替え始めた。

紅花畑に出た奈緒は、

(人間万事塞翁《さいおう》が馬)

だと思った。そして、

(私には紅花がある)

奈緒は改めて思い、周りに広がる紅花畑を見た。

朝靄《あさもや》の中、紅花が摘まれるのを待っていた。

まゆはきを俤《おもかげ》にして紅粉《べに》の花

　奈緒は、俳聖松尾芭蕉が最上川沿いの紅花畑を詠《よ》んだ句を今朝も胸の中で唱えて紅花摘みを始めた。

三

　その朝、中老伊鶴儀登左衛門に御使番三岳五郎造からの書状が届けられた。

　伊鶴儀の思い描いた企てどおりではなかったが、ともかく関前紅を手掛ける旧姓小林奈緒、前田屋奈緒と三人の子が、わが支配下にあるという連絡《つなぎ》に、ほっと安堵した。

　江戸で探させた六人の剣客のうち、すでに石岡淳一郎、神波理助、神波仁吉の三人が坂崎磐音らの手にかかり、戦力から消えていた。

　伊鶴儀の手に残ったのは、一刀流高瀬荘右衛門、香取神道流矢崎村平八、鎌田流棒術の両津金五郎の三人となった。そして、もう一人、伊鶴儀登左衛門自らが決めた七人目の剣客を隠し持っていた。

　それは今から三年も前、伊鶴儀の前に飄然《ひょうぜん》と現れた武者修行中の剣術家で、関前の事情をよく承知していた。

「それがしの腕を買うてもらいたい」

「なぜそなたの腕を買わねばならぬな」

「そなたにとって為になること」

「金子が入り用か」

「人ひとりが生きていく程度の銭を所望する」

「話が分からぬな」

「それがし、坂崎磐音といささか因縁があってな、勝負を願うておる者じゃ。旅をするのも江戸に戻るのも面倒に思うてな。この関前におれば、いずれ父親の国家老が身罷《みまか》り《み》し折りに嫡男の坂崎磐音が別れに参ろう。その機会を狙《ねろ》うておる」

「坂崎磐音に恨みがあるか」

「どうとでも考えられよ」

「坂崎磐音は直心影流の達人じゃと聞いた」

「承知じゃ」

「そなたの流儀は」

「江戸起倒流《きとう》」

淡々とした返事が返ってきた。

剣術家同士の決着をつけようというのか。伊鶴儀はこの者が坂崎磐音と立ち合えば、どちらかが斃れる勝負になると思った。申し立てのとおり曰《いわ》くがあってのことと判断した伊鶴儀は、問うた。

「そなたが住む場所は、城下でのうてよいか」

「構わぬ」

「姓名は」

「名など、この際無用にござろう」

伊鶴儀は在番所奉公の折りに関わりがあった漁村に、名も知らぬ剣術家を住まわせ、月々の食い扶持《ぶち》を与えることにした。

関前城下からわずか三里ほど離れた漁村から伝わってくる話は、その武芸者がひたすら稽古に打ち込む鬼気迫る修行ぶりだった。時に、よく似た風貌の仲間と稽古をすることもあるという。

伊鶴儀はこの人物のことをだれにも話さずにいた。その代わり江戸に参勤交代で上がる比良端隆司に、

「江戸にて腕利きの剣術家を雇う」

ことを命じた。念には念を入れるためだ。

在番所徒士であった伊鶴儀登左衛門に出世への欲が生じたのは、十八年前の冬のことだった。

国家老坂崎正睦が領内巡察の途次、伊鶴儀の支配する在番所を訪れた。国家老は、伊鶴儀が勤めていた在番所の帳付けと品を丹念に調べて、

「そのほうが仕入れから帳付けまでなすか」

と尋ねた。

在番所というのは関前領内各所にあり、徒士の家禄は十三石、下士同然の暮らししかできなかった。なにより城下から離れた浜や村に忘れられた身分だった。

国家老が城下から離れた在番所に姿を見せることなど、伊鶴儀の知るかぎりないことだった。その国家老が直に尋ねたのだ。伊鶴儀は緊張しつつも、その問いに答えた。

「私めがすべて手を入れます」

「この在番所での奉公は何年になる」

「父の代から数えれば四十三年余になります」

坂崎正睦は、伊鶴儀の几帳面な仕入れ帳にもう一度目を落として、

「領内巡察に同行せよ」

と命じた。

国家老の領内巡察は半月に亘《わた》った。その際、国家老に尋ねられれば、伊鶴儀は承知している事実だけを答え、知らないことは、

「恥ずかしながら存じません。すぐに調べます」

と応じて、調べがつき次第すぐに坂崎正睦に報告した。

国家老の領内巡察が終わったとき、伊鶴儀は関前城下勤番を命じられた。その上で坂崎正睦より、

「伊鶴儀、三年の猶予を与える。藩物産所の新たなる産物を調べ上げ、わしに報告せよ」

と命じられた。

領内の物産調査は二年で終わり、伊鶴儀は関前領内の産物をほぼ把握した。その調査の中から、新たなる海産物が二つ、木綿織が一つ、藩物産所の品に加わった。

その時点で伊鶴儀は、家禄四十三石の物産方として、関前城下の物産所勤務を命じられた。

これが出世の始まりだった。

伊鶴儀は藩主福坂実高よりも国家老坂崎正睦の命を忠実にこなし、確実に昇進を重ねていった。

国家老坂崎正睦の忠実な配下、と城下で呼ばれてきた伊鶴儀登左衛門が、
「国家老はわしだけに目をかけておられるのではない」
と気付かされたのは、天明《てんめい》五年（一七八五）のことだった。今から十年前のことだ。

家禄七十五石の普請《ふしん》奉行米内作左衛門が、国家老の命で江戸屋敷藩物産所に転出したのだ。

普請奉行からいきなりの江戸藩邸奉公、それも関前藩にとって一番収益が上がる藩物産所勤務であった。

(この伊鶴儀登左衛門ではないのか。関前領内の物産に通暁する藩士はわしをおいておらぬ)

と考えていた伊鶴儀の自信を打ち砕く出来事だった。

(なにをなすべきか)

伊鶴儀は熟慮した末に、

(時節を待て)

と耐えることを自らに命じた。そして、ひたすら働いた。

八年前、国家老の隠居説が城下に流れた。

ひやり、とはしたが、伊鶴儀は藩物産事業をだれよりも承知している自信があった。坂崎正睦が隠居して、だれに代わろうと、己の立場は変わるまいと思った。

幸いにも、坂崎正睦の隠居願いは藩主の命で許されなかった。

床に臥し、出仕がかなわない日が多くなっても、藩主実高の坂崎正睦への信頼は揺るがなかった。

六年前のことだ。

明和九年の藩を二分しての大騒動でお家取り潰しになった小林家の奈緒が、藩主実高の許しを得て関前に戻り、紅花栽培に取り組み始めた。

(関前で紅花栽培じゃと、無理じゃ)

と険しい眼で見ていた伊鶴儀は、奈緒が江戸から運んできた紅染めや紅猪口を見せられ、江戸での売り値を聞かされたとき、

「もし成功すれば関前の新たなる財源」

になると考えた。

伊鶴儀は奈緒一家が紅花栽培をする須崎川上流の花咲の郷に、紅花が咲く夏の

時期に訪れることにした。伊鶴儀が驚いたのは、三人の子持ちとは思えない奈緒の艶やかな美しさだった。

（江戸の遊里で太夫に昇りつめたのは真実だったか）

伊鶴儀は、奈緒をいつの日か自分の女子にしてみせる、と同行した藩物産所の下士に洩らした。そんな噂が城下に流れた。

そのため、しばらく花咲の郷を訪ねることを控えていた。

（まずは女より金）

と思って我慢した。

金は紅花栽培が成功すれば、黙っていても伊鶴儀のもとへ入ってくる。実高の命である紅花栽培は関前藩が手掛ける事業なのだ。

種を播《ま》いて一年目二年目の花の咲き具合を見て、

「関前では紅花栽培は無理か」

との評価が城下に流れた。

だが、奈緒は諦めなかった。

三年目にしてなんとか紅花らしい花が咲いた。

その頃、伊鶴儀登左衛門は、関前城下の藩物産所の実権を握り、中老に出世していた。伊鶴儀は、紅花の収益が上がるのを慎重に待ちつつ、自らが品を選び、仕入れ値を決める物産事業の金銭の出入りを、表と裏の帳付けの二つに分けて、その差額を中老組の活動資金として使い始めた。

一方、国家老坂崎正睦の体調は年とともに悪化の一途を辿っていた。ために中老に集まる権限が大きくなっていった。

(ひょっとしたら国家老も夢ではないやもしれぬ)

まずは国家老坂崎正睦の信頼を得て中老の地位まで昇りつめた。それには藩主の実高が、中興の祖と呼ばれる国家老坂崎正睦の隠居を認めなかったことが、伊鶴儀登左衛門に幸いした。

老いは観察力を、注意力を散漫にする。

そこで藩物産所に中老組の藩士を一人ふたりと入れて、ただ今ではほぼ藩物産所の実権を握った。

石高六万石の関前藩にとって、所有する帆船で領内の物産を大坂や江戸に直に運び込み、売りさばく事業は、石高実収をはるかに超える実益をもたらしていた。

関前の藩物産所の支配権を伊鶴儀登左衛門が掌握したことで、中老組は活動資金に事欠かず、その様子を見ていた藩士たちがさらに伊鶴儀の周りに集まってきた。

伊鶴儀登左衛門は、側室お玉と密かに手を結び、実高の跡継ぎの十一代目を俊次から実継に替える考えで一致をみていた。

そのことに、実高も正睦も気付かなかった。さらに確固たる企てにするために、関前藩をしっかりと掌握する要があった。

そんな最中、江戸藩邸の物産所勤務に出世していた米内作左衛門が失態を重ねたとかで、国許に送り返されてきて、国家老の命で関前城下の物産所勤務を命じられた。

伊鶴儀は坂崎正睦に、

「江戸で失態を重ねた者に、国許でも同じ役目を命ずるのはいかがなものでしょう」

と反対した。だが、

「米内が知るのは今や物産事業しかない。そなたの手許で使うてくれ」

と命じられ、元々身分も家禄も上だった米内を、物産所の下働きとして渋々使うことにした。

米内はよほど江戸藩邸での失態が応えたか、おどおどとした挙動で、中老の伊鶴儀と目を合わせようともしなかった。

そんな最中、城下に一つの噂が流れた。

国家老坂崎正睦の嫡男磐音が関前に戻り、国家老を継ぐというのだ。

(なんということが)

関前藩をほぼ掌握しつつあるというのに、それが無に帰すのか。

坂崎磐音一家が、父親である国家老の坂崎正睦の病気見舞いを殿から許され、豊後丸に便乗し、関前入りした一件は、伊鶴儀の企てを大いに狂わせることとなった。

藩主の福坂実高が江戸参勤にあるとき、国家老から実権を奪い、関前藩を、

「わが手中」

に収める。そのために着々と準備をしてきたのだ。

豊後丸に国家老の嫡男坂崎磐音一家が同乗していることは、船が到着するわずか三日前に江戸からの書状で城下に伝えられた。

江戸留守居役中居半蔵の策略だと思ったが、もはや阻止するには手の打ちようがなかった。

一気に事が進み始めた。

坂崎磐音が関前入りした当日、国家老の命で総登城を命じられた。

坂崎正睦は、磐音という強力な助勢を得て、何ごとかを図る考えと見られた。

だが翌日、正睦の加減が悪くなり、総登城の触れは実行されなかった。

このことは中老組にとって有利に働いた。次なる総登城まで、対応策の見直しが可能になったからだ。

伊鶴儀登左衛門は、国家老の嫡男磐音が明和九年の藩騒動をはじめ、藩内に騒動が起こるたびに、藩主実高の命を得て動いたことを承知していた。

在番所勤めが長かった伊鶴儀は、坂崎磐音をよく覚えていなかったものの、坂崎磐音は関前藩の、

「伝説の士」

として藩内に高く評価されていたことと、江戸にあって西の丸徳川家基の剣術指南に就いたことで、さらにその神秘性が増すことになった。

ところが突然、老中田沼意次と尚武館佐々木道場の後継となった坂崎磐音が対立し、ついに尚武館佐々木道場は潰され、磐音自身も江戸を離れて流浪《るろう》の旅に出たことが関前にも伝わってきた。

「伝説」

も地に堕ちたと、国家老坂崎正睦に目をかけられ始めていた伊鶴儀登左衛門は内心考えた。

だが、絶大なる権力を誇った田沼意次の失脚と死によって、坂崎磐音が蘇ったのだ。

家斉のお声がかりで尚武館道場が以前にも増して大きく再興され、幕府の、

「御用道場」

として披露されたという。むろん道場主は坂崎磐音だ。

伊鶴儀にとって大きく立ち塞《ふさ》がる壁だった。そして、その坂崎磐音が、

「父の病気見舞い」

と称して関前入りしていた。

家斉のお声がかりでなった尚武館道場の道場主が、その地位を擲《なげう》って関前藩の国家老に鞍替えするのか、そのようなことはあるまいと思い、風浦湊に着いた豊後丸から下りてきた坂崎磐音に質した。

むろん磐音の返事は、

「詮なき風聞」

と伊鶴儀の問いを一笑に付すものだった。

そのとき、伊鶴儀の胸の奥に、坂崎磐音への嫉妬とも憎しみともつかぬ感情が湧《わ》き起こった。

いったんは、

(勝負はあった)

と思った。

田沼時代が終わって、坂崎磐音は蘇った。その上、藩主の福坂実高自身が坂崎磐音の関前藩復帰を熱望している。

なぜ、藩を離れた者に未練を残し、頼りにするか。伊鶴儀は、

(なんとしても坂崎磐音を排除せねばならぬ)

と心に定めた。

そのとき、廊下に足音がして若侍が姿を見せた。

「ご中老」

「なんだ」

「玄関先に、旅の武芸者の如き風《ふ》情《ぜい》の者が、ご中老に面会を求めております」

伊鶴儀は、花咲の郷から行方をくらました高瀬荘右衛門か、他の二人かと考えた。

「名乗ったか」

「尋ねましたところ、名無しの武芸者と申さば分かると、生意気な返答にございました」

あの者が坂崎磐音の関前入りを嗅《か》ぎつけて城下に姿を見せたか。頃合いやよし、と伊鶴儀は思った。

「通せ」


磐音は、白鶴城の北側の崖下に下りた。物心ついたときから白鶴城の岩場を遊び場としてきた磐音ならではの、岩場に下りる崖道を覚えていた。この崖道を通ることで大手門を警護する家臣に見つかることなく城外に出られるのだ。そこには霧子が手配した雲次の漁《いさ》り舟が待っていた。

「今朝はどこに行くかね」

「泰然寺まで往来したい」

「あいよ」

雲次の漁り舟は岩場を離れた。

四

この日の夜明け前、神保小路の尚武館道場では、いつものように住み込み門弟が神原辰之助の主導で広い道場の内外の掃除を始めていた。

門番の季助《きすけ》は尚武館の表門を開くと、神保小路の掃き掃除を始めた。すぐに小田平助と弥助が加わり、三助《さんすけ》年寄りが相協力しての外掃除が日課となっていた。

番犬のシロとヤマはその様子を眺めていた。

道場主の坂崎磐音と一家が不在でも、尚武館の日常は寸分の狂いもなく繰り返され、稽古には緊張があった。

掃除がほぼ終わりに近付いた頃、神保小路に偉丈夫《いじょうふ》の武士が姿を見せた。

弥助は、通い門弟にしてはいささか早いなと思いながら、落ち着いた挙動の武士を見た。

「おおー」

思わず驚きの声を洩らした弥助の顔に笑みが浮かんだ。

「松平辰平さんではなかとな」

小田平助も気付いて声をかけた。

「もはや江戸をお忘れかと思うておりました」

季助も口を揃えた。

「弥助様、小田様、季助さんの三助年寄りもお元気そうでなによりです」

「驚いた、やはり辰平様だ」

季助が眼を見開いて、近付いてきた辰平をとくと見た。

どこにも尚武館の住み込み門弟だった面影はない。筑前福岡藩の堂々たる中堅藩士であり、雄藩の剣術指南の貫禄《かんろく》が五体から漂ってきた。

辰平は三助年寄りに歩み寄り、一礼して尚武館の門から建物を眺めた。

「これが再興なった尚武館道場でございますか。話に聞いていた以上に立派です。さすがは上様のお声がかりの尚武館の復活、福岡城下でも大変評判になっておりました。坂崎磐音先生をはじめ、ご一統様のご苦労が報われました。おめでとうございます」

辰平が、一段と磨きがかかった丁寧な口調で三人に言った。弥助と季助は期せずして、

（もはや痩せ軍鶏の面影はどこにもない）

と考えながら、再会の喜びと同時に一抹の寂しさも感じていた。

「辰平さん、承知ですか。磐音先生はただ今おこん様方とともに豊後関前に戻っておられます。父御の坂崎正睦様の見舞いです」

「江戸藩邸に一昨日着きました。そこで尚武館の門弟の家臣から、磐音先生ご一家の関前行きを聞かされました。船旅であったそうな」

辰平の言葉はあくまで落ち着いていた。

「どげんしたと。こん季節に福岡藩黒田家の参勤上番《じょうばん》はなかったな」

小田平助は、筑前福岡藩郡奉行配下芦屋《あしや》洲《す》口番《くちばん》勤務の小者《こもの》の倅《せがれ》だ。

福岡藩は佐賀藩と交代で一年おきに長崎警備を勤めているため、十一月からの参勤出府期間は三か月と定められていた。

「参勤上番ではございません。格別な御用があって二月《ふたつき》ほど江戸に滞在します。それがしも江戸へ向かう箱崎屋の帆船で江戸入りいたしました。先生方が乗られた関前藩の所蔵帆船と、海上で擦《す》れ違ったやもしれませんね」

「残念やったたいね」

と平助が答え、

「辰平さん。なんにしても昔のお仲間が喜びましょう。ささっ、道場に入ってください」

　との弥助の言葉に辰平が頷いた。

　四人の会話に耳をかたむけ、新たな訪問者を観察するようにシロとヤマが眺めていたが、辰平の足元に寄り、尻尾《しっぽ》を振りながら匂いを嗅いだ。

「白山《はくさん》の二代目ですか」

「三代目です。速水右近《うこん》様が、いや、今では米倉《よねくら》様と姓が変わった右近様が、老いた白山のために拾ってきた犬、小梅村の番犬小梅《こうめ》の子のシロとヤマです」

　季助が説明した。

「そうか、そなたらは白山の三代目か」

「白山はもう何年も前に死んだと」

「小田様、金兵衛さんも亡くなられたそうですね」

「娘のおこん様と孫の睦月様のくさ、かたわらで昼寝をしている最中に亡くなったと。死に顔に浮かんだ笑みがくさ、金兵衛さんの幸せな生涯ば表しとったもん、極楽往生やったと」

「磐音先生からの文で知らされました。それでも寂しいかぎりです」

　と答えた辰平が、

「道場を拝見させてください」

と断り、門を潜った。

辰平は懐かしげに、

「尚武館道場」

の五文字が書かれた扁額《へんがく》を見た。

玄関付近には若い住み込み門弟が何人かいたが、もはや辰平を知らぬ世代であった。

辰平は、後ろに下がって破風《はふ》造りの堂々たる玄関を改めて眺め上げた。

(坂崎磐音先生の努力が報われた)

と徳川家基の暗殺に始まる長い尚武館道場の苦闘の歴史を追憶し、

(その戦いの最後の最後、田沼意次の死までを江戸で見届けられなかった)

ことを残念に思った。

だが、人にはそれぞれ進むべき道がある、との坂崎磐音の忠言を思い出し、己の胸中に湧き起こった気持ちを抑えた。

松平辰平が感傷に耽《ふけ》る玄関先に、この朝、小梅村から何人かの門弟を伴い、出稽古に駆け付けて掃除に加わっていた田丸輝信が姿を見せ、じっと佇む武家に目を留めた。

「おい、辰平、松平辰平ではないか」

輝信の驚きの声は道場にも伝わった。

「おお、輝信か、息災のようだな。小梅村の道場を任されておると聞いたぞ」

「おお、今朝は神保小路に出稽古の日だ」

輝信が答えたところに神原辰之助らが飛び出してきた。

「な、なんと、松平辰平様だ」

辰之助が感極まった声を上げた。

神原辰之助の剣術修行の目標は坂崎磐音ではなかった。

磐音は、剣術界において雲の上の人物であった。

辰之助にとって、

「一歩でも半歩でも近付くべき目標」

こそ、兄弟子の松平辰平だった。

「輝信、辰之助、ご一統様、尚武館道場の再興、祝着《しゅうじゃく》至極にござる」

辰平がここでも丁重に祝意を述べた。

「辰平、挨拶はもうよかろう。さあ、道場に入って中を見てくれ」

輝信の言葉に会釈を返した松平辰平が、腰から刀を抜いて右手に持ち、道場へと通った。そしてすぐに足を止めた。

(なんという広さか)

辰平は堂々たる道場を見て、

(これは再興ではない、新生尚武館の誕生だ)

と感じ入った。

辰平は広い道場の真ん中を、見所の前へとゆっくり進んだ。

大きな見所には上段の間が設けられていた。このことは福岡にもすでに伝わっていた。

(尚武館道場は、一介の町道場ではない)

徳川幕府の御用道場なのだ、と改めて思った。

辰平は、苦難の尚武館時代に田沼意次、意知《おきとも》父子とその一党との戦いの一翼を担ったことを思い出し、誇らしげに思った。

辰平は神棚に向かい、座した。

拝礼すると、

(佐々木玲圓先生、おえい様、松平辰平、ただ今戻って参りました)

と胸の中で挨拶した。

辰平の本格的な剣術修行は、神保小路の直心影流佐々木道場から始まったのだ。辰平は大先生の佐々木玲圓を敬服しつつも、直に稽古をつけてもらう機会は、まったくといっていいほどなかった。

玲圓は東国剣術界を代表する剣客であり、若い辰平には近寄り難い大先生であった。

実際の剣術の師は、玲圓の後継になった坂崎磐音その人であった。ともあれ、神保小路は、松平辰平にとって、原点であり、基だった。

拝礼を終えたとき、見所に人影があった。

家斉の御側御用取次の速水左近だ。

「速水様、お久しゅうございます」

「松平辰平どの、すっかり筑前福岡の風土に馴染んだようじゃな。時に城中でそなたの噂を、筑前どのの口からお聞きしておる」

筑前とは、五十二万石の福岡藩九代目黒田筑前守斉隆のことだ。

「殿が一家臣であるそれがしの名を、城中にて口になされるのでございますか。信じられませぬ」

「松平辰平どの、そなたは黒田家の創家からの家臣ではない。だが、そなたの剣術の師は、家斉様の家臣を大勢預かる直心影流尚武館道場の坂崎磐音じゃぞ。その上、そなたの嫁女どのは、博多の豪商箱崎屋次郎平《じろべい》の娘御。筑前どのとて、そなたを軽んじるわけにもいくまい。いや、筑前どのにとって、そなたが福岡藩の家臣になったことが、どれほど心強いことであったか、そなたが考える以上であることはたしかじゃ」

速水左近と話す松平辰平のかたわらに、米倉右近が立った。

「父上、辰平様との話は、下城の後にゆっくりとなさってください。松平辰平様との稽古を多くの門弟が待っております」

と右近が言った。

「皆ではあるまい。そなたが稽古をつけてもらいたいと狙うておるのではないか」

「まあ、そんなところでございます」

と父にあっさりと認めた右近が、

「辰平様、稽古着を控え部屋に用意してございます」

と若い弟子を呼んで案内するよう命じた。

右近はすでにやる気満々で竹刀を手にしていた。

「どうじゃ、右近どの。米倉家の家風に馴染まれたか」

辰平が反対に尋ね返した。

右近と米倉風《ふう》の祝言は、一年ほど前に執《と》り行われた。

「辰平様ならば、それがしの立場がお分かりですね」

「その顔が幸せを物語っておるな」

二人で笑い合った。それを見た速水左近が、

「辰平どのといい、右近といい、婿《むこ》に出したほうが家に馴染み、如才なく奉公ができるようじゃな」

と独りごとを洩らした。その父の呟きを耳にした右近は辰平との稽古の約定を得たので、

「父上、部屋住みの暮らしとは比べようもございません。極楽でございます」

とつい正直な気持ちを吐露した。

「ふーん、俗に小糠《こぬか》三合あれば婿入りするなというが、どうやら右近は米倉家に馴染んだか、お風に取り込まれたようじゃな」

「父上、独りごとを言われるのは歳を召された証ですぞ」

右近が言いながら待っていると、しばらくして着替えを終え、竹刀を手にした松平辰平が道場に再び姿を見せた。

松平辰平、三十八歳。黒田家の剛毅な藩風に馴染み、その稽古着姿は貫禄が増して堂々としていた。

「入り婿二人、見物じゃな」

見所から速水がさらに感想を洩らし、二人の立ち合いを注視した。

辰平と右近は兄弟弟子ながら、この九年余、互いの精進ぶりを承知していなかった。

両者は見所の前で相正眼に構えた。

その瞬間、右近は、松平辰平が想像していた以上に剣術家としても人間としても大きな器に成長したことを察した。ならば、とことん教えを乞うまでだ。

「参ります」

と宣告した右近は、す、すっ、とすり足で間合いを詰めて、面打ちから攻めかかった。

当然、辰平は右近の間合いを見て弾いた。

それが激しい稽古の始まりだった。

右近は、身を動かしながら間断なく攻め手を出し、不動の辰平は受け、払い続けた。いつまでも続くかと思える攻めであり、受けであった。

速水左近は、右近の攻めをこれほどの余裕を持って受け流せるのは、坂崎磐音をおいてほかはおるまいと思っていた。だが、磐音が育てた弟子は、無限の可能性を秘めて成長したことを、その攻めと受けが教えていた。

時が濃密に過ぎた。

攻める者、受ける者の立場は終始変わらなかった。

ふうっ

と息を吐いた右近が飛び下がり、

「残念ながら、それがしでは辰平様を本気にさせることはできませぬ」

と正直な気持ちを告白した。

右近の眼の端に小田平助の姿が留まった。

「小田様、どうすれば辰平様を動かすことができますか。知恵を貸してくだされ。まったく歯が立ちませぬ」

「わしにもそげん知恵はなかと。右近さんも尚武館で厳しい修行をしなさったが、他人の飯ば食うておられんもん」

「小田様、そぎゃんことはなか、わしは米倉家の婿たい。三度三度遠慮しいしい茶碗《ちゃわん》ば差し出しとると」

右近が平助のお国訛りを真似て言った。

二人の掛け合いを聞いていた門弟が笑った。

「なんば言いなさるとね。米倉の殿様もお風様もできたお方たい。右近さんば、宝もんのごと大事にしなさるもん。ありゃ、他人の飯とは言えんたい。辰平さんはくさ、福岡藩というて、西国の雄藩の中でくさ、家臣ば務められ、剣術指南ばしてくさ、今の立場を得られたとたい。西国の大名家の身分はくさ、家禄一石でん違うと、まるで地獄と極楽たい。わしなど人間の口にも入れてもらえんやったと。そげん黒田家の大勢の家臣方を辰平さんは力と人柄で得心させたと。それにはどげんほどの血と涙ば流しなさったか、修羅場《しゅらば》の潜り方が違うとやろ。堂々としたもんたいね。兄弟子に精々ぶつかってくさ、床に這《は》いない。それしか壁を打ち破る途はなか」

小田平助の返事に、

「そうか、他人の飯の食い方が足りぬか」

と右近が考え込んだ。

「右近、磐音先生の教えを思い出せ。人にはそれぞれ進むべき道があるのじゃ。松平辰平どのの生き方を真似ても、辰平どのの足元にも及ぶまい。そなたはそなたの道を探ることだ」

「ううーん、米倉右近、三十を前に迷いの中におるわ」

と右近が嘆いたとき、辰平に設楽小太郎《したらこたろう》が稽古を願っていた。

設楽も佐々木道場時代からの門弟だ。

磐音がいない分、辰平が尚武館の門弟たちに次々に稽古をつけた。

いつしか見所から速水左近の姿が消えていた。登城の刻限が迫ったからであろう。

松平辰平は最後に神原辰之助と稽古をした。

坂崎磐音のもとから松平辰平と重富利次郎という二枚看板が抜けたあと、神原辰之助がめきめきと力をつけてきて、

「二代目辰平」

と呼ばれていた。

辰之助は右近らとの稽古を見て、すでに察していた。

九年前、最後の稽古をした折りから、寸毫も差を詰めていないことをだ。とな

れば、兄弟子に虚心に教えを乞うまでだ。

辰平と辰之助も相正眼から立ち合い稽古が始まった。

二人とも間合い半間で動かない。

お互いの眼を見合い、きっかけを待った。

長い睨み合いのあと、両者同時に踏み込んだ。

面の相打ちは互いが芯を外した。

辰之助は渾身の力で一つひとつの技を振るった。それを辰平が弾き返し、時に打たれながらも稽古を続けた。

辰之助は、己に言い聞かせた。

(勝負ではない、稽古をつけてもらっているのだ)

互いが得意の技を堂々と正面から振るい合い、受け、そして新たな攻めを繰り出した。

四半刻後、辰之助の面打ちを受けた辰平が、
すうっ
と下がり、

「辰之助どの、最後の面打ちは厳しい攻めでござった。そなたの努力がよう見え

た一撃にござった」

　と笑った。

「辰平さん、江戸におられる間、必ず朝稽古に参られ、ぜひともわれらに指導をしてください。ご存じのように磐音先生は尚武館を留守にされておられます。その間、尚武館の門弟衆の技量が落ちたとなれば、われら、責任《せめ》を果たしていなかったということになります」

「そなたが己を評価する以上に、神原辰之助は大きく成長し、上達しておる。そうでなければ磐音先生が、そなたを尚武館道場の師範代に指名されるものか。自信をもって務めなされ」

　ほっと安堵したか、辰之助の顔がようやく和んだ。

第四章　寛政の戦い

一

五つ半（午前九時）。

豊後国関前領白鶴城の天守閣から、城下にいきなり大太鼓が鳴り響いた。

藩士らに急ぎ総登城を促す触《ふ》れであった。

むろん持ち場によってはすでに登城している者もいた。一方、非番の者たちは慌てて登城の身仕度を整えると屋敷を出た。

そんな藩士たちが広小路御南町、広小路御北町の武家地から続々と城に向かい、大手橋の前の御馬場を突っ切り、大手門へと急いでいた。

知り合いが鉢合わせすると、

「村上《むらかみ》氏、急ぎ総登城の触れじゃが、なんぞ聞いておるか」

「いや、知らぬ」

と話しかけられた目付方の村上仁五郎《じんごろう》が答え、

「まさか」

と呟いた。

「どうなされた」

足を止めた徒士組の園木唯助《そのきただすけ》が村上の顔を見た。

御馬場では城下名物の朝市が催されていた。

採れたての夏野菜や朝獲りしたばかりの魚を並べる女衆も、慌ただしく大手橋に向かう藩士らをどことなく不安げに見ていた。

「国家老坂崎正睦様が」

「身罷られたと言われるか」

「そうでもなければ、かような急ぎ触れが行われようか」

しばし沈思した園木が重々しく頷いた。そして、顔を見合わせ、

「となると、国家老職をだれが務めることになる」

「中老どのがその気でおられるぞ」

「まさか明和九年から何度か繰り返された内紛が、またぞろ再現されるのではあるまいな」

「ありうる」

「そなた、身の振り方をどうする、決められたか」

「中老組《くみ》に与せよと言われるか」

「伊鶴儀一派の勧誘が激しいでな」

二人はゆっくりと大手橋に歩き出した。

「それがし、これまでどの内紛をも切り抜けて参った。慎重に決断せねば身を亡《ほろ》ぼすことにならぬか」

目付方の村上の言葉に園木が頷いた。そして、ふと思い付いたように、

「ただ今、国家老の嫡男坂崎磐音様が関前に滞在しておられる。その動き次第では、中老組もすんなりと藩の実権は握れまい」

「だが、坂崎磐音様は藩士ではない。藩内部の実権争いに口出しも手出しもできまい。国家老亡き今、坂崎磐音様にはなんの権限もないでな」

「ということになるか」

村上と園木が足を速めて御馬場を突っ切っていった。

湊近くの藩物産所にすでに出勤していた米内作左衛門は、触れ太鼓を聞いて、

（いよいよ対決の時か）

と覚悟した。

心を静めた米内は、この一年半、恥辱に塗《まみ》れながら忍従してきた日々が終わる、いや、終わりにしなければならぬと胸の中で誓った。そして、藩物産所の仕入れ帳、売掛け帳、在庫帳、藩物産所の蔵の所持金の出入りを記した出納《すいとう》帳の写しを御用部屋の天井裏から取り出すと、風呂敷に包み、城へと向かった。


中老伊鶴儀登左衛門は、総登城の触れ太鼓が鳴り始めたとき、不意に訪ねてきた武芸者と未だ対面していた。

「うむ。この太鼓をだれが命じた」

と呟いた。

「中老の伊鶴儀どのがご存じないとは」

武芸者が思わず顔を横に振った。

この者、浪々の武芸者のくせに、関前藩の中老伊鶴儀を恐れるふうはさらさらない。それればかりか、時に見下した態度を覗《のぞ》かせた。

（こやつ、坂崎磐音とどのような謂れがあるのか）

剣術家同士の尋常な勝負などという言葉を伊鶴儀はまったく信じていなかった。なにか因縁か利害がなければ、坂崎磐音との勝負に拘《こだわ》るはずもない。

「総登城の触れを、それがしの許しもなくだれが命じた」

伊鶴儀は繰り返し言葉に出して自問した。

「国家老が身罷ったか、あるいは」

と武芸者が言った。

「あるいはなんだ」

「国家老が最後に何か企んだとしたらどうだ」

「国家老は棺桶《かんおけ》に片足を突っ込んでおる身じゃぞ」

「ゆえに倅の坂崎磐音がこの地を訪ねておるのだ。そなたらの芽を摘まんと仕掛けたとも考えられる」

「坂崎正睦様はもはや回復されることはない、と藩医の一人がはっきりとわしに洩らした」

「そのようなことは言わずもがなだ。倅の坂崎磐音が関前に滞在しておる意味を考えぬのか」

「あやつは藩士ではない」

「修羅場を潜り抜けた数では、中老どの、そなたとは比ぶべくもないわ」

伊鶴儀が歳の見当もつかぬ武芸者の顔を見た。そして、

（こやつ、坂崎磐音のことをとことん承知しておる）

と思案した。

「総登城の場に坂崎磐音が出ることはないのか」

「藩士ではないでな。屋敷から奥には入れぬ」

「中興の祖の倅じゃぞ」

「わしが入れぬ」

伊鶴儀が言い切った。

「あやつがもし城中に入り込むことがあれば、そなたの頼りになるのはこのわしだ」

旅の武芸者が伊鶴儀登左衛門の顔を覗き見た。

中老組は関前藩士の四分の一を数えるまでになっていた。国家老が身罷ったとき、亡き国家老に忠誠を誓う者はその半分にも満たない、そう推量した。藩士の大半は、情勢を見守る日和見《ひよりみ》組だ。

（こやつを使うのは城外での戦いだ）

その前に、坂崎磐音の動きを封じるため、残った三人を張り付かせるか。いや、坂崎磐音に奈緒一家がわが手中にあることを知らせねばなるまい、と伊鶴儀が思案したとき、廊下に足音がした。

「式台前にかような紙包みが置いてございました」

用人の青木《あおき》千左衛門《せんざえもん》が紙包みを気色悪げな表情で持参してきた。

「さようなものはあとでよい。それより総登城の触れをだれが命じた」

と場を弁《わきま》えぬ用人に糺《ただ》した。

「ご中老、ただ今調べさせております」

と答えた青木用人が包みを差し出しながら言った。

「紙包みにご中老の御名が記されております」

「なんじゃと」

紙包みには、

「関前藩中老伊鶴儀登左衛門」

の名が麗々しく認められていた。

「披いてみよ」

伊鶴儀の命に、青木用人が手にした紙包みに目を落とし、致し方なく紙を披いて、

「わあぁっ！」

と驚きの声を上げ、披いた紙包みをその場に投げ出した。すると畳に落ちた紙包みから髷が三つ転がり出てきた。

伊鶴儀は、ごくりと唾《つば》を呑《の》み込み、おそろしげに髷を見た。

青木用人の表情も真っ青に変わっていた。

武芸者は、伊鶴儀が成り上がりで中老に出世したことを承知していた。そしてその用人が腰抜けであることに侮蔑《ぶべつ》の念を感じた。

(国家老に、いや、坂崎磐音に先手を打たれたな)

と思った。

(伊鶴儀の役目は終わった)

関前藩の内紛などに関心はなかった。

「髷が三つか。中老どの、そなたの手許に六人の役立たずどもがいたのではなかったか。すでに三人は戦列を離れておるのであったな」

眼の前に座る武芸者は伊鶴儀の動きを承知していた。

「髷はすでに離脱した三人のものではあるまい。坂崎磐音によって残る三人が始末されたということではないか」

伊鶴儀の顔に驚愕《きょうがく》が走った。

高瀬荘右衛門、矢崎村平八、両津金五郎の三人も坂崎磐音の手で斃されたというのか。

廊下にまた足音がした。

「ご中老、登城の仕度が整いました」

若侍の言葉に伊鶴儀は、はっ、と我に返った。

総登城の家臣たちを中老組が支配して、国家老の代理に就くことが、なにより先決事項だと気付かされた。

「青木、花咲の郷に何人か走らせ、紅餅を保管する納屋に留め置いておる奈緒一家を城下に引き立ててこよ」

と命じながら立ち上がった。

「中老どの、無駄じゃな。坂崎磐音は百戦練磨の士じゃ。そなたが頼りにするのは、もはやそれがししかおらぬ」

（いや、三岳と磯部が奈緒らを押さえておる。高瀬ら三人は仕方あるまい）

手持ちの札が一気に減ったことに伊鶴儀は気付かされた。

「それがしをそなたのかたわらに置いておくことじゃ」

「城中に伴えと申すか」

「身の安全にはたしかな策よ」

伊鶴儀は思案した。

この者を城中に連れ込むことは、中老の力をもってすればできないことではない。だが、
はた
と思い当たった。

この者を城中に連れ込めば、坂崎磐音が城中に入り込むことも拒《こば》めぬということではないか。

(どうしたものか)

「ご中老、すでに大半の藩士が登城を終えておりまする」

若侍が伊鶴儀を急かした。

「よし、そなた、わしに従え」

と命じた。

伊鶴儀登左衛門の屋敷の式台に髷を入れた紙包みを密かに置いたのは霧子だ。関前藩雑賀衆として育ち、のちに弥助のもとで密偵を続けてきた霧子にとって、関前藩の中老屋敷に忍び込むことくらい、朝飯前だった。

だが、中老屋敷の奥に潜り込むことを霧子の勘が阻んでいた。

遠目に見た訪問者が醸《かも》し出す危険な臭いが、霧子に二の足を踏ませていた。

(ここは無理をするところではない)

霧子がそう思ったとき、式台に武芸者を従えた伊鶴儀登左衛門が姿を見せ、急ぎ乗り物に乗り込んだ。

霧子は、武芸者にどことなく見覚えがあった。だが、はっきりとは思い出せなかった。

伊鶴儀の登城行列が中之門から西の丸門へと入ろうとした。だが、その場で行列は止められた。

「中老伊鶴儀登左衛門の行列である」

先導役の伊鶴儀家の家来が西の丸門の門番に言った。

「承知しております」

「なぜ止める」

「国家老坂崎正睦様の命にございます」

「なに、国家老は身罷られたのではないのか」

「だれがそのようなことを申されましたな」

門番が反問する声に、伊鶴儀登左衛門は驚かされた。

(国家老は存命とな。では、なんのための総登城の触れか)

と乗り物の中で思案したとき、

「国家老様も徒歩にて西の丸門を潜っていかれました」

「お一人で歩いていかれたと言うか」

「いえ、坂崎遼次郎様と重富利次郎様に両肩を支えられながらでございます。中老様も慣わしに従い、乗り物を下りていただきます」

門番の声を聞いた伊鶴儀は、

「履物を持て」

と命じながら、病人に先んじられたか、と臍《ほぞ》を嚙んだ。

「仔細《しさい》は駕籠《かご》の中で聞いた。伊鶴儀登左衛門、通る」

と声をかけた中老一行が西の丸門を抜けようとすると、

「伊鶴儀様、関前藩士以外、これより中へは通れませぬ」

と伴った武芸者を見た門番が止めた。

「それがしの信頼すべき朋友である、構わぬ」

「朋友にございますか。姓名をお聞かせくださされ」

若い門番は伊鶴儀に質した。

「姓名じゃと」

伊鶴儀は答えに窮した。

かたわらの武芸者は平然としていた。

門番の侍は別府伝之丈の末弟の別府新七郎《しんしちろう》だった。

江戸勤番を務めた別府伝之丈が坂崎磐音と深い繋がりがあることを、中老の伊鶴儀は知らなかった。

「ご中老、名さえ知らぬ旅の武芸者が朋友のわけもございますまい」

「おのれ」

と歯ぎしりしたが、別府新七郎も態度を変えようとはしなかった。

そのかたわらを、領内の御番所から駆け付けた家臣たちが急ぎ足で西の丸門を潜っていった。

「藩の慣わしに抗することがあるとしたら、藩主の命《めい》しかございませぬ」

西の丸門番の別府新七郎は毅然とした態度で中老の注文を拒んだ。

「中老のわしの言葉が聞けぬと言うか」

「明和九年の騒ぎのあと、藩には厳しい仕来《しきた》りが作られ、守られてきました。中老もご存じでございましょう」

伊鶴儀が知らぬわけはない。だが、門番がかようにも強硬とは思わなかった。

「門番、まさか国家老の嫡男がすでに城中に入ったということはないな」

「ご中老、坂崎磐音様のことをお尋ねでございますか」

「おお、国家老の供で入ったか」

「考え違いにございます、ご中老。国家老坂崎正睦様に付き添われたのは、跡継ぎの坂崎遼次郎様と御番衆の重富利次郎様のお二人だけにございます。これまで坂崎磐音様が城中に入られた事実はございません」

「今後もないな」

別府新七郎は、粘る中老の伊鶴儀登左衛門の狷介《けんかい》な両眼を正視しつつ、

「最前も申し上げました。決まり事を破ることができるのは藩主のみと」

「よし、その言葉、伊鶴儀登左衛門、とくと胸に刻んでおく」

と応じた伊鶴儀が、

「そのほう、わが屋敷にて待て」

と武芸者に命じざるを得なかった。


中老伊鶴儀登左衛門が本丸内大書院に入ったとき、関前藩六万石の国許にある藩士三百七十五人のうち、およそ七割にあたる二百五十人余が集まっていた。

領内の浜奉行所や在番所に勤める者、城内御門番、臼杵口、日向口の番所に勤務する以外の、下士以上の者が顔を揃えていた。

伊鶴儀は、中老組に与した七十人近い面々が上段の間近くに集まっているのに眼を留めて、

(よし、大書院を出る折りは、仮であれ国家老の資格で退出する)

と心に固く決めた。

上段の間はさらに二段に分かれていた。

藩主が座す最上段の間と重臣方の居並ぶ左右の間だ。だが、上段の間にはだれひとり姿はなかった。

国家老坂崎正睦は、藩主福坂実高が国許にあるとき、最上段の間近く、家臣団

に向かって右側に座した。

本日もいつもと同じ場所に座すと思われた。そこで伊鶴儀は中老組が集う左側、最上段の間近くに着座した。

触れ太鼓がふたたび城中から城下へと鳴り響き、総登城の集いが始まることを告げた。

時に四つ（午前十時）の刻限であった。

二

上座に近い襖が開かれた。

伊鶴儀登左衛門の視線が、いや、大書院に集う関前藩士のすべての眼がそこに向けられた。

国家老坂崎正睦が、坂崎遼次郎、重富利次郎に両脇を支えられて立っていた。

一目で正睦の体力の衰えは明らかだった。

頬はこけ、背筋も膝も曲がり、痩せ衰えた五体が一回り小さくなっていた。

正睦は瞑目して呼吸を整えた。そして、遼次郎と利次郎に何事か命じた。

遼次郎の顔に不安が走った。一方利次郎は、言葉に従い、正睦の体から離れると、襖の奥へと姿を消した。

正睦の眼がゆっくりと遼次郎に向けられ、遼次郎が大書院の藩士に見えないところで腰を支えていた手を離した。

一瞬、よろり、と正睦の体が揺れた。正睦は歯を食いしばるようにして体を立て直すと、顔を上げ、背筋を伸ばし、曲がった膝を立てた。

一拍、二拍あった後、正睦は自らの足をゆっくりと踏み出した。そして、そろりそろりとながらも上段の間のいつもの場所まで歩み寄り、藩主のいない座に一礼すると、藩士らに視線を向けた。

腰に一振りの短刀だけがあった。それが正睦の覚悟を示していた。

その瞬間、国家老坂崎正睦の眼光が力を帯びて蘇っていた。

この数年、床に臥せることの多かった正睦は、藩士一同が知る正睦からはほど遠く、見る影もなかった。だが、姿勢を正した国家老の顔からは鬼気迫るものが漂い、藩士らを驚かせた。

正睦は静かに腰を下ろした。

それを見た小姓が脇息を運ぼうとしたが、正睦が手で制した。

遼次郎は、正睦の近くの下段に座した。そのそばには、実兄の井筒源太郎や物頭の別府伝之丈の姿もあった。すると上段の間を挟んで反対側の襖が開き、御番衆の重富利次郎が再び姿を見せて、上段に向かって右側に座した。

その近くには中老伊鶴儀登左衛門が座を占め、中老組の面々が集うところにも近かった。

伊鶴儀が重富利次郎に険しい視線を向けたが、利次郎は平然としたものだ。

藩士一同が改めて国家老坂崎正睦に視線を向けた。

正睦は、しばし間をとり、口を開いた。

「ご一同に最期の別れを申し上げるため、それがしの一存にて総登城の触れを命じ申した」

藩士一同が体の衰えから想像した以上に、力強い正睦の声音であった。

中老組の中には、国家老がなぜ最期の別れに藩士を集めたか、と非難の眼で正睦を見詰める者もいた。

「坂崎正睦、引き際を誤り申した。藩主実高様の関前滞在中に、なんとしても致仕を願うべきであった、いや、二十年前に願うべきであった。だが、今更それを言うても、詮なき話じゃ。江戸の実高様には、国家老を辞する決意を書状にて送付した。ゆえに大書院を出るとき、坂崎正睦、もはや国家老ではござらぬ」

一同の反応を見るように言葉を切った正睦は呼吸を整えた。

伊鶴儀は、二十年前に辞すべきであったという根拠は奈辺にあるのか、その意味を考えあぐねた。そこで、

「坂崎様が国家老を辞されるとなれば、国家老不在となりますが」

と質した。

じろり
と中老を睨み返した正睦が、

「殿が江戸参勤不在の折り、さようなことがあってはならぬ」

「いかにもさよう心得ます」

「中老に余計な心配をかけておるようじゃな」

と正睦がいなし、視線を藩士一同に向け直した。

「国家老坂崎正睦、殿ご不在の間に勤め叶わず、職を辞するためにご一同に別れを告げると申した。その前になさねばならぬ仕事が一つ残っておる。ゆえに老い衰えた身をそなた方の前に晒し申した」

坂崎正睦の言葉は、大書院に集う大半の藩士に驚きと不安を与えることになっ

た。

しばし場がざわめいた。

正睦が膝に置いた片手を上げて、制した。

「国家老、やらねばならぬ仕事とはなんでございますな」

伊鶴儀登左衛門が正睦に質した。

正睦の視線が伊鶴儀に向けられた。

「伊鶴儀登左衛門、そなたの始末よ」

「始末と申されますと、まさか」

「まさかとは、なんの意か」

「それがしに国家老職を譲るゆえ、受けよと申されますか」

正睦がしばし伊鶴儀登左衛門に視線を預けたまま、声もなく笑った。

「わしは始末と申したぞ、痴《し》れ者《もの》が」

正睦が大書院にいる藩士一同に聞こえる声で呟いた。

伊鶴儀が抗弁しかけたが、怒りに言葉が見つからなかった。

「殿の命とは申せ、坂崎正睦、長いこと関前藩六万石《ごく》の国家老のお役目を務めすぎた。その間に多々過ちを犯した。だが、この期に及んでも悔いが残るのはこの一事だけじゃ」

伊鶴儀が気を取り直して国家老を見た。

「そなた、伊鶴儀登左衛門の才覚と人物を見誤り、中老への昇進を殿に進言したことじゃ。犯してはならぬ過ちであった」

「な、なにを申されますな」

中老の伊鶴儀が腰を上げかけた。

「伊鶴儀登左衛門、心して聞け。坂崎正睦の言葉は、藩主福坂実高様のお言葉と思え」

「都合のよきことを仰いますな！」

堪忍袋《かんにんぶくろ》の緒が切れたか、伊鶴儀が叫んだ。そして、中老組が伊鶴儀に呼応して騒ぎ出した。

「ご一統、静かにいたされよ。国家老坂崎正睦の言葉は続いておるのじゃ！」

重富利次郎の大喝が大書院に響き渡り、一同を鎮め、

「ご一同、死を賭しての国家老の言葉を最後まで拝聴されよ」

とさらに声音を落として命じ、伊鶴儀に視線を向けた。

「中老どの、言い分あらば、国家老の言葉を聞いた後に申し述べられよ」

「関前藩にとって新参者が口を挟むでない！」

「それがしが新参者なれば、中老どのは成り上がり者かな」

利次郎の反撃に一座の中から失笑が起こった。

「黙れ黙れ」

と喚《わめ》くように声を張り上げた伊鶴儀に大書院の一角から、

「中老どの、国家老坂崎様の言葉を最後までお聞きなされ。反論あらばそれからでよかろう」

の声が飛んで、

「そうじゃそうじゃ」

と呼応する声が起こり、伊鶴儀が黙った。

正睦が伊鶴儀を見た。

「伊鶴儀、不満か」

「大いに不満にござる。中老としてこの数年、藩物産事業をはじめ、国家老どのの病不在の折りも粉骨砕心相努めてきたそれがしに、なんたる言いがかりでござろうか」

伊鶴儀が反論した。

「よかろう。説明しよう」

「老人の妄言かどうか、ご一統、とくと聞かれよ」

伊鶴儀が余裕を見せてそう一同に告げた。

「この四年余、藩物産事業をそなた、中老伊鶴儀登左衛門が主導して参ったな」

「いかにもさよう。藩物産事業は四年以前より売り上げが上がっており申す」

「伊鶴儀、帳面上はそうなるか」

「坂崎様、帳面上とはどのような意味にございますな」

「伊鶴儀登左衛門、近頃藩物産方ではだれが帳面方をなしておる」

「あれにおります藩物産所帳面方椎名《しいな》捨三郎《すてさぶろう》にございます」

「椎名ひとりが帳面を見るのか」

「そうではござらぬ。椎名が書き付けたものをそれがしが二重に精査し、物産と金子の出入りを厳しく見ております」

「そなたが精査する段階でもう一冊裏帳面が作られるとの噂があるが、どうじゃ、伊鶴儀」

正睦の言葉に、大書院の一同が驚きを表した。だが、声にはしなかった。

「なに者がさような暴言を吐きますか」

「そなたが実権を握る藩物産所に、米内作左衛門がおるな」

「おりまする。国家老の坂崎様が、普請奉行であった米内を江戸藩邸の藩物産所に出世させ、送り込まれましたな」

「いかにもさよう」

「江戸藩邸において失態を繰り返し、一年半余前、関前に戻され、藩物産所の下働きを命じられたのも国家老、そなた様にござる」

「いかにも」

「江戸での米内の失態は坂崎様、そなたの大いなる判断違いの結果ではございませぬか。人事の誤りを糊塗《こと》するために関前の藩物産所に預けられた。あやつ、死んだも同然の目付きでうろつき、朋輩の邪魔でしかございません。あれもこれも国家老自ら認められるとおりの大失態にござりましょう」

正睦は、大書院の藩士を眺め回した。

米内作左衛門が大書院の後ろにひっそりと座しているのを目に留めた正睦が、

「米内、こちらに来よ」

と命じた。

米内作左衛門は一礼すると、風呂敷包みを手に遼次郎のかたわらに来て座した。

「国家老、なんの真似にございますな」

伊鶴儀が不安を滲《にじ》ませた顔に虚勢を張って尋ねた。

「藩物産所の実権を握ったそのほうが横暴なる運営をなしておることは、この三年余前よりそれがしの耳に届いておった。だが、さようなことはあるまいと、見逃してきたことは、それがしが責めを負わねばならぬ。

江戸藩邸の藩物産所に鞍替えさせた米内が中居半蔵に、関前領内の物産の質がだんだんと粗悪になってきたことを報告した。中居半蔵もその指摘を認め、それがしに書状で知らせてきた。

その段階で、米内作左衛門の奉公に差し障りありという噂を江戸藩邸に流させ、米内を関前に戻して、そのほうが実権を握る物産所に預けたのじゃ」

ここで正睦はわざと間を置いた。

「なにゆえ関前の物産の質が落ちたか、そのことを探索させるためにな」

正睦の言葉に大書院にざわめきが起こった。

「なに、米内どのは国家老の密偵を務めてきたのか」

「ということは、呆《ほう》け面も自信なさげな挙動も、すべて芝居か」

「そうなるな」

「どういうことか、これは」

などと隣同士で囁き合った。

小姓が茶を運んできて、正睦に供した。

正睦の声が掠《かす》れてきたことに小姓が気付いたのだ。死を覚悟して話していたが、それも限界に近かった。

「すまぬな」

と礼を述べた正睦は、ゆっくりと温《ぬる》めの茶を喫して喉に潤いを与えた。

「ご家老、米内作左衛門を密偵として関前藩に戻し、探索のために物産所に入れられたのでございますな」

物頭の別府伝之丈が念を押した。

そういうことだ、というふうに正睦が頷いた。

「嫌な役目を米内はよう年余にわたり、勤めてくれた。藩物産所に遅くまで残り、蔵の品の質を調べ、その海産物がどこの浜の何兵衛によって作られたか摑むと、非番の日に浜に出向き、その者に一々問い質したのだ。するとな、驚くべきことが判明した。藩物産所の仕入れ値が年々安くなったため、藩物産所にこれまで上《じょう》品《しな》を送っていたが、仕入れ値に合わせて質を落としていったというのだ」

「仕入れ値を落とした事実はございませんぞ」

大書院の一人が思わず言った。

「国家老、そこまで呆けられたか。さような話があろうはずもない」

と伊鶴儀が言い切り、中老組が、

「さようなことはありえません」

とか、

「江戸藩邸で失態ばかりを繰り返した者に、探索など務まりましょうか」

とか言い出した。

「静まれ！」

重富利次郎が、居並ぶ中老組の藩士を牽制《けんせい》するように睨んで言った。中老組の中には、利次郎が務める藩道場剣術指南の弟子も何人か交じっていた。それだけに利次郎の腕前は十二分に承知していた。

「国家老の話は終わっておらぬ。ご一統、最後まで聞いた上で国家老にお尋ねなされよ」

座が再び静まりを見せた。

伊鶴儀は子飼いの武芸者を城内に連れ込めなかったことを悔いていた。残る手は、中老組の御使番三岳五郎造と徒士組の磯部貞吉が押さえている奈緒一家をどう使うかだ。

「米内作左衛門、伊鶴儀登左衛門が作った裏帳面を見付けたか」

正睦が、風呂敷包みを膝の前に置く米内作左衛門に質した。

「藩物産所の蔵の地下に隠し部屋がございまして、そこには裏帳面、金子の出入り、仕入れ帳などが保管され、中老の伊鶴儀様しか入ることはできませぬ。隠し蔵の錠前の鍵は中老どのが常に帯に携えておられますゆえ、それがし、なかなか鍵を手にすることができませんでした」

米内が懐から鍵束を出して一同に見せた。

それに思わず伊鶴儀が反応し、腰に目を落とし手で探った。

伊鶴儀登左衛門の屋敷に忍び込み、伊鶴儀が湯に入った隙に鍵のかたちを粘土で造ったのは霧子だ。この粘土の形から、藩物産所の各所の鍵の複製を拵えることができた。

「この鍵束と同じものを中老どのはお持ちかと思います。伊鶴儀中老、どうでございますか。二つの鍵束を比べてみましょうか」

米内作左衛門は伊鶴儀に持ちかけた。

もはやこの一年半余の呆けた米内の姿はどこにもなかった。

「米内、藩物産所の蔵の隠し部屋にあったのは裏帳面だけか」

「いえ、三年半余の間に、金銭出納帳は、表と裏との間に二千七百二十五両の差額が生じており、隠し蔵の銭箱には残余の二千百五十余両が保管してございます。むろんこの金子は藩物産所の限られた藩士、おそらくは伊鶴儀中老しかご存じない金子でありましょう」

米内が風呂敷包みを解き、

「裏帳面の写しにございます。藩物産所の公の帳面各種と突き合わせれば、その差額は一目瞭然にございます」

米内作左衛門が、霧子の助力を得て書き写した帳面を高々と上げて見せた。

「さようなことはありえぬ」

中老の伊鶴儀登左衛門が喚いた。

「呆けた国家老どのが演じるかような茶番の席におられようか。ご一統、藩主福坂実高様が参勤下番《かばん》で帰国なさる来春になれば、すべてが分かることだ。死に損《ぞこな》いの国家老どのは、おのれの倅坂崎磐音に跡を継がせようとして、この茶番を演じておるのじゃぞ。かような総登城は、藩主だけにしか命じられぬものだ。藩主不在の間に、さような僭越《せんえつ》な命はだれにもできぬ」

と叫ぶと、その場に立ち上がった。

「伊鶴儀登左衛門、この場に町奉行新納瑞樹らが姿を見せておらぬことを、どう考えるな」

正睦が手で座るように命じ、言った。

「なにっ」

伊鶴儀が大書院を見廻した。

確かに町奉行所の面々はだれ一人いなかった。

「ただ今藩物産所を新納らが押さえておる。そのほうらが急ぎ戻ったところで、もはや不正を糊塗することはできぬ」

「お、おのれ」

わなわなと震えた伊鶴儀が最後の手を出した。

「坂崎正睦、紅花栽培の小林奈緒ら一家を押さえておる。一家四人の命が惜しくはないか」

と脅すように言った。

「そのほうの屋敷に三つの髷を送りつけたが、そのことをどう解釈したな」

「どう解釈とは」

「藩物産所の二重帳面で得た金子で、江戸藩邸における御番衆比良端隆司に六人の刺客を雇わせたな。その者どもをどう使おうとしたか知らぬが、すでに六人ともに関前領内にはおらぬ。三人は身罷り、残る三人は髷を残して領内から逃げ去った」

「三岳と磯部が押さえておる」

と叫ぶ伊鶴儀に、

「語るに落ちたとはこのことよ。そなたの手先、中老組などと名のり、徒党を組んでいた御使番三岳五郎造、徒士組磯部貞吉は捕えられ、役人らの手に渡っておる。ということは、奈緒らは、花咲の郷でいつものように紅花摘みに精を出しておる頃じゃ」

正睦が、ふうっ、と息を吐いた。

側室お玉と手を携え、巻き返しを図るしか道はないと、伊鶴儀は思った。

その様子を見た正睦が最後の力を振り絞って言った。

「伊鶴儀登左衛門、中老職を解く。屋敷に戻って謹慎せよ」

「国家老とて中老を解職する権限はない。藩主のご命だけだ」

伊鶴儀が言い放ったとき、小姓の声が大書院に響き渡った。

三

「殿のお成り！」

大書院が驚愕に包まれた。

福坂実高は参勤上番で江戸にあった。参勤の途次で国許へ戻るはずもない。姿を見せたのは福坂俊次と中居半蔵であった。

驚きの場が沈黙に変わった。

粛々と俊次が最上段の間の藩主の席に就いた。

中居半蔵は重富利次郎のかたわらに仁王立ちになった。

俊次と中居半蔵は、坂崎磐音らが乗ったと同じ豊後丸で江戸より豊後国入りし、臼杵湊で密かに下船すると徒歩で関前入りし、泰然寺にてじっとその時を待っていたのだ。

このことを承知なのは、磐音ら一家と主船頭小倉長吉ら豊後丸乗り組みの者らだけであった。

いや、その後、磐音の命で泰然寺に使いをなした霧子が承知していた。むろん小倉長吉主船頭以下帆船の乗り組み員には極秘の関前入りを告げ、広言を禁じてあった。主家への忠誠心が強い小倉は、

「水夫一人たりとも、その命に逆らう者はおりません」

と俊次にも中居半蔵にも約定していた。

「正睦、難儀であったな」

俊次が驚きを隠せずにいる正睦に声をかけた。

俊次はすでに家斉との御目見《おめみえ》は済ませていた。あとは関前藩主福坂実高が隠居届を出し、俊次が藩主に就くだけだった。だが、そのような話は、国家老の正睦も聞いていなかった。

江戸を出る前、磐音は御側御用取次の速水左近に願って、藩主交代が近々あることを家斉の耳に入れてほしいと願っていた。

その結果、今回の参勤上番まで実高が務めることとし、跡継ぎの俊次の国許入りを一時的に許すとの言葉を家斉から内々に頂戴していた。

関前藩の藩政事情を藩主格として福坂俊次が裁くことを、家斉が理解したのだ。その背景には速水左近、坂崎磐音の関与があった。

中居半蔵が大書院に集まる藩士一同を見廻し、

「ご一同に伝える。江戸において、関前藩の藩主が実高様から俊次様に代替わりしたことを、上様もお認めになった。この場におわす俊次様が、関前藩六万石福坂家十一代目藩主である」

と朗々たる声で宣告した。

伊鶴儀登左衛門は想像も及ばぬ展開に、茫然自失《ぼうぜんじしつ》して言葉もなかった。関前に福坂俊次が戻っているなど想像の外であった。

正睦もまた混乱の中にあった。だが、必死で最後の務めを果たそうと、姿勢を正した。

「坂崎正睦、そなたの隠居願い、予《よ》が聞き届ける」

凜とした俊次の声音であった。

「有難き幸せにございます」

この言葉を聞いて、正睦がようやく積年の肩の荷を下ろしたように、安堵の表情を浮かべた。

「俊次様、お待ちくだされ。われら関前の家臣一同、実高様の隠居も俊次様の藩主就位も聞かされておりませせぬ」

伊鶴儀登左衛門が力を振り絞り、反撃に出た。

「伊鶴儀登左衛門、藩主の交代を事前に藩士に相談するなどありえぬことだ。実高様が自ら判断なされ、俊次様が引き継がれた。その上すでに上様が承知なされたことに、そのほう異を唱えるか」

「いえ、そうではございませぬが」

「伊鶴儀、実高様ご隠居、俊次様の藩主就位について、江戸藩邸にて実高様自ら藩士に通告された頃であろう」

中居半蔵が伊鶴儀登左衛門に言い放った。

「さようなことは」

「認められぬか」

「認められませぬ」

伊鶴儀の拒絶にしばし中居半蔵が沈黙で応えた。次に口を開いたとき、大声が大書院に響き渡った。

「一藩士の分際で藩主の交代に注文をつけおるか、戯《たわ》け者《もの》が！」

大書院の天井を揺るがすほどの大音声《だいおんじょう》であった。

「到底得心できませぬ」

声音は小さかったが、伊鶴儀も必死の抗いを試みた。

「伊鶴儀登左衛門、最前から坂崎正睦様とそのほうの問答、次の間から俊次様もお聞きになっておられた。また米内作左衛門の探査したる藩物産所の二重の帳面、事前に精読なされた。さらに最前、町奉行が藩物産所に入り、隠し部屋の帳面一式、密かに隠し置かれた二千数百両の金子などを押収し、米内の探索が裏付けられた」

中居半蔵の言葉は、大書院の藩士らにとって決定的なものに聞こえた。

中老組の面々の顔が真っ青になり、身を震わせている者もいた。

「そ、そのようなことがあろうはずもございません」

「未だ俊次様の前で抗うや。ならば、最後に言い聞かせる」

中居半蔵がひときわ明瞭な声で告げた。

「今朝方、俊次様は、先の藩主の側室お玉様と義弟実継様とお会いになった。江戸にある実高様からのご書状をお読みになり、お玉様も俊次様の関前藩藩主就任を快くお認めになり、祝意を述べられた」

伊鶴儀は内堀も外堀も埋められたことを認めざるをえなかった。

ああーっ

伊鶴儀登左衛門が悲鳴を洩らし、それでも大書院の前に集う中老組の面々に助けを求めるように見た。すると目を逸らしたり、下を向いたりして、伊鶴儀の視線を受け止める者はだれ一人としていなかった。

中居半蔵が俊次に一礼して上段の間に上がり、

「伊鶴儀登左衛門、下がりおろう」

と一喝した。

思わず脇差の柄《つか》に手をかけた伊鶴儀を、中居半蔵が足蹴《あしげ》にして上段の間から蹴落とした。

「愚か者が！」

藩士の前で醜態を晒した伊鶴儀登左衛門は、蹌踉《そうろう》と立ち上がり、中老組にもう一度助けを求めた。もはやだれの助勢も得られないことを悟らされただけに終わった。

「伊鶴儀登左衛門、武士ならば、かようなときの身の処し方を承知であろう。屋敷にて謹慎し、殿の命を待て」

中居半蔵の言葉は最後まで険しかった。

よろめくように伊鶴儀が大書院から次の間に出た。新しい藩主に背を向けるな

ど、礼を欠いていることにさえ思い至らない様子だった。そして、そこに控える坂崎磐音を見て、

「坂崎磐音、おのれが策したことか！」

と叫んだ。

その声が大書院にも届いた。

「それがし、新藩主福坂俊次様のご命に従い、父の万が一に備え、登城したのでござる」

「おのれ、言い訳をなすや」

伊鶴儀は大書院で中居半蔵に辱《はずかし》められた屈辱を磐音に向けた。動転錯乱した頭で脇差《わきざし》を抜くと、磐音に斬りかかった。

なんとも愚かで無謀な行動だった。

座していた磐音は、片膝を立て、前帯に差した扇子《せんす》を抜くと、よろめくように迫りくる伊鶴儀の喉元を鋭く突いた。

直心影流尚武館道場十代目が放った一突きだ。大きく振り被った脇差を搔い潜り、喉を突き破るがごとく後ろに飛ばした。

どさり

と背中から落ちた伊鶴儀登左衛門が悶絶《もんぜつ》した。

その気配は大書院に伝わった。

「小姓どの、大書院に目付衆がおられよう。この者の身柄を渡すがよい」

磐音の言葉はあくまで平静だ。

はっ、と小姓の一人が受け、大書院に向かった。

大書院の上段の間から、そろりそろりと正睦が下段の間に下り、遼次郎のかたわらに座し、俊次に一礼すると、国家老の席を空けたことを示した。

「国家老坂崎正睦の後任に、江戸留守居役中居半蔵を命ずる」

中居半蔵は頭を下げて受けた。

半蔵が腰を屈《かが》めて藩士らの前を抜け、正睦に一礼すると、国家老の定席に就いた。

新たな関前藩の体制が固まった瞬間であった。

大書院のざわめきが静まっていた。

藩士一同が俊次の言葉を待った。

「一同に伝える。最前国家老中居半蔵が伝えたとおり、関前藩福坂家十一代目当主は、この福坂俊次である。江戸にある実高様のお意思と上様の寛容なるお許しを得て、藩主の座に就いた。一同に異論あらばこの場での発言、差し許す。なんなりと申せ」

俊次の言葉は若々しく明快であった。

一同のだれひとりからも発言はなかった。その代わり、俊次の新藩主就位を認めるように、静かに一人ふたりと低頭し、次々に見倣った。そして、全員が畏まった。

「隠居の坂崎正睦に、発言をお許しくださいますか」

「許す、正睦」

「関前藩福坂家藩士一同を代表して、心より俊次様の藩主就任をお慶び申し上げます。もっとも、それがし、最前、国家老を免じられたばかり、最後の我儘《わがまま》でございます。お許しくだされ」

正睦は肩の荷が下りたせいか、再び元気を取り戻していた。

「うむ」

「数日前、それがしも家督を遼次郎に譲ったことをお認めいただけますか」

「なに、坂崎家でも家督相続があったか」

俊次が正睦に頷き、視線を藩士一同に向け直した。

「予が藩主の地位に就いたからには、全力を尽くして藩政改革を試みる所存である。藩士一人ひとりもまたそれぞれの持ち場で力を尽くせ。よいな」

ははあっ

という声が一同から起こり、皆が新藩主に恭順を誓って平伏した。

「面を上げよ、許す」

俊次の言葉に、藩士一同が顔を上げた。

明らかに最前と様子が変わっていた。豊後国関前藩六万石が新たなる藩主を戴いたのだ、当然の変化であった。

俊次が下段に下がった坂崎正睦に再び顔を向けた。

「坂崎正睦、改めて長年の国家老の責務全うを労う。今後は体を休め、家の者とともに一日なりとも長く余生を過ごせ」

ははあっ

と平伏した正睦の両眼から思わず涙がこぼれ落ちそうになった。それを片手で押さえた正睦が、

「国家老として判断を間違うたことを、俊次様がお救いくだされました。これで正睦、安心して冥途《めいど》へと旅立つことができまする」

「正睦、冥途への出立《しゅったつ》はいつでもできる。急ぎ慌てることもあるまい。よいな、しばしこの世に留まり、予の関前藩の改革を確かめてからにせよ。これは藩主の命であるぞ」

俊次の言葉は優しく正睦に届いた。その視線が一転し、大書院の藩士一同を見渡した。

「明和九年以来、豊後関前藩には幾たびかの内紛が生じた。その都度、藩主家臣が気持ちをともにして切り抜けて参った。こたびの伊鶴儀登左衛門の背信も、藩主をはじめ、家臣一同の気の緩みから生じたことじゃ」

若い声が言い切った。

磐音は、俊次がこれほどまでに踏み込んだ発言をするとは思いもしなかった。なんと言外に、前藩主実高と国家老坂崎正睦にも責任があると藩士の前で認めたのだ。

俊次は実高の嫡子ではない。分家の冷や飯食いの悲哀も承知しており、江戸の武家社会ばかりか、幕政に影響を及ぼす豪商たちの力も、庶民の暮らしぶりも承知していた。

磐音は、関前藩が世代交代によって新たなる方向へと突き進んでいくことを確信した。

大書院から俊次の声が磐音の耳に届いた。

「正睦、下がって休め。関前藩を改革するのは、われらの務めだ。よいな、隠居となれば、藩政を新たなる視点から眺められよう。その折りは、予に書状にてもよい、忠言いたせ」

正睦が返答するにはしばし間があった。

「隠居にできることは、殿のお働きを陰ながら拝見させていただくことのみにございます」

磐音は、正睦が遼次郎に支えられて立ち上がった気配に、自らも迎えに出た。大書院を出た瞬間、緊張が解けたのか、どこかほっとした表情の正睦が、ゆらりと揺れた。

遼次郎と磐音が支えた。

磐音は、精力を使い果たした正睦の体がまるで羽のように軽いことに驚きを禁じ得なかった。

利次郎が姿を見せた。

「遼次郎どの、利次郎どの、そなたらは関前藩士の務めを果たされよ。それがしが父を屋敷へと伴い戻る」

「おひとりで大丈夫でございますか」

利次郎が案じた。

「利次郎、遼次郎、最後の城中じゃ。磐音とな、ゆっくり玄関先まで見物しながら参る。俊次様のもとへ戻れ」

正睦が二人に命じた。

二人は大書院に戻っていった。

「そろそろなら歩けよう」

正睦の歩みに合わせて、磐音は白鶴城の大書院から廊下を伝い、玄関へと向かった。

「磐音、すべては終わったのか」

「伊鶴儀の裁きは、中居半蔵様と相談しつつ俊次様が判断なされましょう」

と磐音は応えた。騒ぎの火種がすべて消えたとは言い切れなかった。

「中居半蔵がそれがしの跡を継ぐとは考えもしなかった」

「国家老の任、中居様には余ると申されますか」

「いや、そうではない。中居も還暦を過ぎておろう」

「江戸からの船中で俊次様、中居様とそのことを話して参りました。国家老職の後任に中居半蔵様を命じられたのは実高様です。関前藩にとってかけがえのない藩物産事業をとくと承知なのは、中居様にございますからな」

中居半蔵は、国家老職に自分があるのは、この騒ぎが落ち着く一、二年余の間だけとの条件のもと、国家老職に就いたのだ。俊次を支えるためには若い国家老がよいと考えてのことだ。

「米内作左衛門どのを普請奉行から抜擢し、江戸藩邸の物産所に送り込んだのは、父上の功績です。その米内どのを失態を理由に国許に戻し、伊鶴儀一味の二重帳面のからくりを調べるよう命じたのも父上にございましたな」

磐音と正睦はそろそろと歩きながら、ゆっくりと話を続けた。

時に正睦の足の運びを見て、立ち止まって休んだ。

「作左衛門な、あれほど巧みに虚《うつ》け者《もの》を演じるとは努々思いもせなんだわ。あやつ、役者じゃな」

正睦が満足げに笑った。

「わしのしくじりは、伊鶴儀登左衛門を見誤ったことに尽きる」

「その伊鶴儀の不正を暴いたのは、父上が登用された米内作左衛門どのです」

磐音は繰り返した。

「あやつに、関前の藩物産所を任せてもよいかもしれぬな」

「父上、もはや国家老ではございませんぞ。隠居様にございます」

「おお、忘れておった。わしは隠居爺であったわ」

正睦が苦笑いした。

長い刻をかけて、大書院から玄関先へと辿り着いた。

乗り物が待ち受けていた。

空也と霧子が格別に本丸に入れられたか、正睦を待ち受けていた。

「爺上様、務めは終わりましたか」

空也が正睦に訊いた。

「おお、なんとか恥をかかずに済んだようじゃ」

「それはようございました」

霧子は竹筒を手にしていた。まず磐音と空也が正睦を式台から玄関先に下ろし、乗り物へと移した。

「ご家老、お茶はいかがですか」

「霧子、もはや坂崎正睦、家老でも関前藩士でもないぞ。ただの隠居爺じゃ」

「おめでとうございます」

「目出度《めでた》いことか。そうじゃな、古希《こき》を過ぎて奉公を務め終えたのじゃ、祝うべきことであろう」

霧子が竹筒の栓を抜き、これまた用意していた茶碗に茶を淹《い》れて正睦に差し出した。

「いささか玄関先で行儀が悪いが、茶を頂戴しよう。喉が渇いたわ」

「あれだけお話しになったのです、喉も渇きましょう」

磐音が言った。

「城中で飲む最後の茶じゃな」

正睦は嬉しそうに茶を喫した。

「美味《うま》いのう」

正睦が茶碗を霧子に返した。

磐音が坂崎家の陸尺《ろくしゃく》に合図した。

腰網代《こしあじろ》の扉が引かれ、陸尺が静かに白木の棒に肩を入れて持ち上げ、西の丸外の屋敷へと向かった。

四

国家老の屋敷に戻った乗り物を、照埜、お英、おこんをはじめ一家全員と奉公人が門前から式台に並んで迎えた。

その中を乗り物が静かに式台前に付けられた。

扉が引き開けられたが、もはや正睦は体を動かすこともできなかった。乗り物の背にもたれて、じいっとしていた。

「おまえ様」

照埜が声をかけたが、正睦は瞑目して動くふうはなかった。そこへ帰宅を聞いた藩医の香川礼次郎が駆けつけてきた。

式台前で香川医師がしゃがみ、脈を診《み》た。そして、磐音に顔を向けた。

「乗り物にお乗せしたまま、離れ屋にお運びしてはいかがでしょうか」

磐音が頷いた。

引き戸が閉じられ、その場に待機していた陸尺らが再び乗り物を担いで式台から廊下へとしずしずと上げ、廊下伝いに離れ屋に向かった。

奉公人の女衆の中には、すでに涙を浮かべる者もいた。

離れ屋の廊下に止められた乗り物から、医師の香川と磐音が正睦の体を支えて出し、空也も加わって正睦の体が床へと移された。

正睦の体を乗り物から出したところで、磐音が父の腰から短刀を抜き、空也に渡した。

「おこん、お英どの、継裃《つぎかみしも》をお脱がせしたい。手伝うてくれ」

病間に移された正睦の継裃を脱がせるために、照埜が男たちを部屋から出した。

廊下に出された香川医師の顔を磐音が見た。

もはや医師の言葉を聞く要もなかった。だが、奇跡が起こるならば、と医師の言葉を期待した。

「磐音様、正睦様は人間業とも思えぬほどのご意志で、この半年頑張って生き抜いてこられました」

と香川医師が答えた。言外に、

「ゆっくりと休む時期が来た」

ことを告げていた。

「わが父ながら、ようも最後の最後まで国家老の職を全うなされた」

「そのことにだれが文句をつけましょうか。できることならば国家老の重職から解き放たれた身軽な気持ちで、少しばかり休ませて差し上げたかった」

藩医は屋敷で坂崎正睦の帰りを待っていた。ゆえに城中でなにが起こったか知らなかった。

「香川先生、父はもはや国家老ではございません。家督を遼次郎に譲った今、一隠居として城下がりいたしました」

「おや、江戸の殿からお許しが出ておりましたか」

香川医師はそう考えたか、磐音に聞くともなく話しかけた。

障子が閉じられた離れ座敷では、女たちが正睦の継裃を脱がせ、真新しい寝間着に着替えさせる気配が廊下に伝わってきた。

磐音と香川医師のかたわらには空也が控えるだけで、霧子は少し離れた廊下に座していた。

「われらが江戸より乗った豊後丸に、福坂俊次様と中居半蔵様が密かに同乗なされて豊後入りし、泰然寺にて今日のこの日を待っておられました」

「俊次様は殿の代理にございますか」

「いえ、すでに関前藩藩主と上様がお認めになっておられます。ゆえに藩主身分での国許入りでございます」

なんと、と驚きの言葉を吐いた香川医師が、

「となれば、すべて決着はついたと考えてようございますか」

磐音が頷き、障子が開かれた。

改めて香川医師が正睦の診察を始めた。

照埜が継裃をいつもより時をかけて丁寧に畳んでいた。もはや継裃を着ることはないと、照埜は承知していた。長い夫婦の暮らしも、

「最後の刻」

が来たことを承知の動作だった。

嫁のお英もおこんも手が出せるものではなかった。

香川医師が見習い医師を呼び、用意していた薬を与えるよう命じた。

その言葉が聞こえたか、正睦が眼をゆっくりと開いた。

「香川先生、未だわしを生かしておくつもりか」

弱々しい声だが、床の周りにいる人間には十分に伝わった。

「もはや苦い薬はご免蒙《こうむ》りたい」

とさらに願った。

「父上、薬の代わりになんぞ飲みたきものがございますか」

磐音が尋ねた。

「酒かのう」

と正睦が答え、頬がこけた顔に笑みを浮かべ、

「ただ今仕度させまする」

「磐音、いや、水でよい」

と願った。

磐音は正睦がこの期に及んで冗談を言ったかと驚かされた。

おこんがその言葉を聞いて、枕辺に用意されていた水を、長崎渡りのぎやまんの涼しげな器に注いで、照埜に渡そうとした。

「おこんさん、そなたが飲ませてやってくだされ」

と照埜が願った。

磐音が父の上体をゆっくりと起こし、おこんがぎやまんを正睦の口に寄せた。

ふっ、と小さな息を吐いた正睦がわずかに水を口に含み、喉に落とした。その動作を三度繰り返し、もう、いい、と手で制した。

磐音が再び正睦を寝かせ、お英が夏掛けをかけた。

両眼を閉じた正睦に、

「父上には、しばし休んでもらおうか」

と磐音がみなに言った。

照埜ら女衆が下がった。すると霧子が廊下に顔を見せた。なにかやるべきことがあるかと、その顔が問うていた。

磐音は廊下に出ると、

「奈緒にこのことを知らせよ」

と命じた。

奈緒は今や関前でも坂崎家の身内同然の扱いを受けていた。ゆえに正睦の容態と城中での出来事を知らせたほうがよいと判断したのだ。

「畏まりました」

と霧子が下がった。

霧子の足ならば半刻余で花咲の郷の奈緒に伝えられようと思いながら、再び正睦の枕辺に戻った。

眠っていたと思えた正睦が両眼を開いた。

「磐音、俊次様の後見を頼んだ」

「父上、もはや隠居の身にございますぞ。とは申せ、父上のご気性ならば、その言葉、無理もございますまい。されど、本日の俊次様の言動、関前藩六万石を束ねるに十分なものと思いませぬか」

「まさか、そなたが俊次様と半蔵まで伴うておるとは、この正睦も気付かなかったわ」

「父上、われら一家が俊次様に従うたのでございます」

「そなたの知恵じゃな」

「俊次様は、わが門弟のひとりでもございますでな。門弟の苦衷《くちゅう》を察し、手助けするは師匠の務めかと」

「上様にまで手を廻しおるとは、わが倅ながら知恵者よのう」

正睦の顔に奇妙な笑みが浮かんだ。

「それがしを知恵者に仕立てた出来事があるとすれば、明和九年の関前騒動にございます」

磐音は言葉にはしなかったが、この一事と田沼意次一派との暗闘が自らの行動を用心深くしたのだと思った。

「ともあれ、そなたが江戸にあることは関前藩にとってどれほど心強いことか。

磐音、あとを頼んだぞ」

と願った正睦に、

「承知いたしました。父上、本日はよう頑張られました。お疲れになったことでしょう。少しお休みくだされ。それがし、父上の枕辺に控えております」

と磐音が答え、正睦は両眼を閉じて応じた。


時がゆっくりと流れていく。

離れに空也が姿を見せたかと思うと、次に睦月がやってきた。二度目に姿を見せた空也が、

「父上、替わりましょう」

と磐音に願ったとき、玄関先に人の気配がした。

どうやら遼次郎か、利次郎が戻ってきた気配があった。

「頼もう」

磐音が母屋に行くと、下城したばかりの利次郎がいた。

昼下がりの八つ半（午後三時）の刻限だ。

「なんぞあったか」

「いえ、ご家老の、いえ、失礼いたしました。もはや正睦様はご家老ではございませんな。正睦様の様子を俊次様が案じておられますゆえ、それがしが伺いに戻って参りました」

「父上は、休んでおられる」

「そうでしたか。安心いたしました」

「城中はどうじゃな」

「中老伊鶴儀に与した藩士らは目付のもとで調べを受けております。その調べが済んだ上で、元中老伊鶴儀登左衛門の詮議が改めて始まるとのことです。町奉行の新納どのが機敏にも物産所の隠し部屋を押さえたことで、不正はすでに明確に裏付けられております。調べの後に、伊鶴儀家取り潰し、身は切腹に変わりなしと中居様が耳打ちなされました」

　利次郎が言った。

「俊次様はいかがでござるか」

「小梅村の尚武館坂崎道場の門弟とは思えぬほど威厳に満ちた態度で、重富利次郎、感服いたしました。もはや、道場において、軽々しく名など呼べませぬな」

「利次郎どの、境遇が人の器を変えることはままある。俊次様にとって藩主就位は、よいことばかりではあるまい。六万石の家臣、領民の願いや想いがその肩にどっかとのしかかったのだからな」

「いかにもさようです」

「遼次郎はどうしておる」

「俊次様の御側に仕え、新国家老中居半蔵様をはじめとした重臣らと、藩政を復旧させる話し合いをなさっておられます。中居様の後継は遼次郎どのではございませぬか」

「利次郎どの、そう事を急いてはならぬな。中居様は本日国家老に就かれたばかりじゃぞ」

「殿に歳が近い御側衆として、遼次郎どのの立場は重要でございます」

利次郎の言葉に磐音はただ頷いた。

関前藩はこたびの騒ぎをきっかけに大きく世代交代が行われ、どのような治世にも対応できる若い藩主とその後見方が要《い》ると思った。

そのことを磐音は、豊後丸の船中にいる間、俊次と話し合ってきたのだ。

「先生、それがし、もう一度登城し、正睦様の様子を殿にお伝え申します」

利次郎がなんとなく屋敷内に霧子の姿を探す気配を見せた。

「霧子をな、花咲の奈緒のところに使いに立てた。やはり奈緒にも父上の容態は知っておいてほしいゆえな」

うむ、と利次郎が顔色を変えた。その表情を読んだ磐音が、

「すべてが終わったわけではあるまい。今晩にもなにが起こっても不思議ではない」

「それがし、ちと安心しすぎました」

「その覚悟はしておいたほうがよかろう。殿に正直にお伝えするのは憚《はばか》られよう。もはや父上は国家老でも関前藩士でもなく、隠居ゆえな。そなたの胸に納めておいてくれればよい」

利次郎が改めて頷き返し、城へと戻っていった。


豊後関前藩の長い一日は未だ終わっていなかった。

七つ（午後四時）の刻限、坂崎家の玄関に須崎川の川船頭が磐音を名指しで会いに来ていると知らされたとき、磐音は、空也に代わって再び正睦のかたわらにいた。

正睦はもはや口をきくことも、眼を見開くこともなかった。ただ弱々しい息を

繰り返していた。

そんな様子を見習い医師が脈を診たりした。

「空也、代わってくれ」

と廊下に声をかけると、睦月が遼太郎、萩埜、正次郎の三人を伴い、

「父上、私たちが爺上のお世話をいたします」

と姿を見せた。

「空也はどうしておる」

「裏庭で独り稽古をしております」

「さようか」

と睦月に頷き返した磐音は、

「遼太郎、萩埜、正次郎、爺上様の面倒を見てくだされよ」

と三人の甥姪《おいめい》に願って、離れ屋から母屋の玄関へと向かった。

そこへ紅餅舟の船頭万作が身の置き所がないという顔で、玄関先の隅に立っていた。

「なんぞ用事ならば、ご家老が大変な時期ゆえ、それがしを通せと申したのですが、坂崎磐音様じかにと頑固に繰り返しております」

坂崎家の家人が、どこか立腹した表情で磐音に言い訳した。

この家人も磐音が関前を離れたあとに坂崎家に奉公した者で、名を、長尾勇作《ながおゆうさく》としか知らなかった。

「長尾どの、無理強いせずともよかったのじゃ」

と言った磐音が船頭に歩み寄り、

「万作どの、ご苦労であった。霧子の頼みか」

と優しい声で尋ねた。

一度、磐音一家らを花咲の郷から城下の一石橋まで乗せている顔見知りの船頭が、

「へえ」

と頷き、懐に仕舞っていた結び文を磐音に差し出した。

「文を読む間、待ってくれぬか」

と願った磐音は、霧子からの連絡《つなぎ》を読んだ。

「しまった」

思わず磐音は己の迂闊さを罵《ののし》った。

船頭が驚きの顔で見た。

「驚かしたか、すまぬな」

磐音は財布から一分銀を出し、

「むき出しですまぬ。使い料だ」

と差し出した。

万作が遠慮するようにもそもそと言った。霧子から使い賃は貰《もら》ったと言ってい
た。

「霧子の気持ちとは別じゃ。大手門を潜るのにも気遣いしたであろう。こちらは
気遣い分じゃ」

と船頭の手に握らせた。

ふと思い付いた。

「万作どの、そなたに頼みがある」

磐音の言葉に、却って万作がほっとした顔をした。

「紅餅舟でこれから花咲の郷まで引き上げるのじゃな」

その問いに頷く万作に、磐音は頼みごとをした。

「へえ、霧子さんに会って坂崎様の言葉を伝えます。そのあと、わっしは舟の中
で一晩じゅうでも待っております」

「頼んだぞ」

万作が何度も頭を下げながら坂崎家を去ったあと、磐音はその場で考えた。そして腹を固めると、離れ屋に戻った。

正睦の枕辺には睦月、遼太郎、萩埜、正次郎のほかに、お英とおこんがいた。

「どうじゃな」

「落ち着いておられます」

とおこんが応えた。

磐音は枕辺に座ると正睦の顔をしばし眺めた。

正睦の生きているうちに会う最後かもしれなかった。だが、正睦が事情を知れば、この行動を許してくれようと思った。

「おこん、しばらく出かけて参る」

と願って立ち上がった磐音に、おこんが従ってきた。

「おこん、空也を連れて参る」

と手短に事情を告げた。

「父とは、なにがあってもよいよう別れは済ませた」

「舅様を、万が一の場合、照埜様、お英様方と一緒に看取ります」

おこんが磬音の顔を見て気丈にも言った。

母屋の仏間に座した磬音は手を合わせると、手に馴染んだ包平《かねひら》を携えて玄関に向かった。

そこには木刀を手にした空也が磬音を待っていた。行き先も尋ねず、ただ、

「父上、お供します」

と言った。

第五章　最後の戦い

一

　江戸の両国西広小路に面した米沢町《よねざわちょう》に分銅《ふんどう》看板を掲げた両替商今津屋《いまづや》の店から、西に傾いた陽射しの中を往来する人々の姿が見えた。

　棒手振《ぼてふ》りや職人衆の中には顔から汗を流しているのも確かめられた。

　江戸の両替商六百軒を束ねる両替屋行司《ぎょうじ》今津屋の店先には、大商いの商人の姿は見えず、小商いたちが明日の商いのために銭の両替をなす光景が見られた。

　不意に小柄な姿が店に入ってきた。大頭に塗笠《ぬりがさ》で陽射しを避けた南町奉行所年《ねん》番方与力《ばんかたよりき》の笹塚孫一《ささづかまごいち》が定廻《じょうまわ》り同心木下一郎太《きのしたいちろうた》を伴った姿であった。

「これは笹塚様、お見廻りにございますか」

帳場格子《ごうし》から立ち上がって迎えた老分《ろうぶん》番頭の由蔵《よしぞう》が一瞬、店座敷に通すべきかどうか迷った。御用の話ならば、人に聞かれないように店座敷がよい。

「老分どの、店先でよい」

由蔵の迷いを察したかのように笹塚孫一が言った。

「通りがかりにな、豊後からなんぞ文でも届いておらぬかと思うて立ち寄ったのじゃ」

「まことに店先でようございますので」

由蔵は念を押した。

「こちらの商いに差し障りがなければ、それでよい」

と応じた笹塚は、手代が運んできた莫蓙の座布団にどっかりと腰を下ろして、笠の紐《ひも》を解いた。一郎太は笹塚から少し離れた場所に腰を落ち着けた。

両者を等分に見る場所に座った由蔵が、

「残念ながら坂崎様から文は届いておりませぬな。されど、いくらなんでも船はもはや関前の湊に入っておりましょう」

「日にちから考えても、着いていておかしくなかろう」

笹塚も由蔵の言葉に賛意を示した。

「お父上様の病状が芳《かんば》しくないのでございましょう。となると文どころではございませんな」

由蔵が独白するように推測した。そこへ笹塚の知らない女衆が茶菓を運んできた。

「ほう、季節を先取りした最中《もなか》か」

昔から甘味が好物の笹塚孫一がにんまりした。麩《ふ》を丸く焼いた間に餡《あん》を入れた甘味を最中と名付けたのは、

「秋の最中の月」

を模して名付けられたとか。

「頂戴しよう」

と店先で二本差しの侍が甘味に手を伸ばすのは、笹塚孫一でなければできない相談だった。一郎太は遠慮して温めの茶を喫した。

「間に合えばよいがな」

笹塚が最中を食しながら、最前の由蔵の呟きに応じた。むろん坂崎正睦のことを告げたのだ。

「毎朝、神棚にお願いしておりましてな、坂崎磐音様一家は正睦様と無事にお会

いできたと思いますよ」

「ほうほう、神様からお告げがあったと申すか、老分どの」

「そんなわけでございます」

そんな二人の話に一郎太が加わった。

「過日、関前藩邸に立ち寄りましたところ、家臣の一人が妙なことを申しておりました」

「なんだ、妙な話とは」

「近頃、跡継ぎの福坂俊次様ばかりか、留守居役の中居半蔵様の姿をとんと見かけぬと言うのでございますよ。私が考えるに、お二人して神保小路の先生に同行して、豊後関前に密かに戻られたのではございませぬか」

「なに、すでに跡継ぎに決まった俊次様と中居様がのう。妙な話ではないか」

「いえ、妙な話ではございませんよ」

由蔵が笹塚の言葉に異を唱えた。

「どうしてじゃ」

「またぞろ関前藩に内紛が生じておるとの話がございましてな。俊次様と中居様が関前入りし、坂崎様の力を借りて藩政の混乱を取り鎮めに参られたのではございませぬか」

「老分、そなた、神保小路の主から聞いておったか」

「坂崎様はさような真似はなさいませぬ。私は阿吽《あうん》の呼吸で察しただけでございますよ」

由蔵はもし俊次と中居が関前に帰国したとしたら、御側御用取次の速水左近と坂崎磐音の力を借りぬかぎりできないことだと思っていた。

関前藩藩主の跡継ぎが公儀の許しもなく国許に戻るのは、できぬ相談だった。後々無断の行動が幕閣の知るところとなれば、関前藩はただでは済まなかった。場合によればお取り潰しも考えられた。

「父御の病気見舞いかと思うたが、神保小路の先生は関前藩の大掃除に身内を連れて行かれたたか」

「その船に俊次様と中居様が乗っておられる」

「江戸に文を書くどころではないな」

「今頃、大掃除に精を出しておられましょう」

「親父様が病の床にあるというに、坂崎磐音も世間じゅうの厄介を背負うて生まれてきたような男じゃな」

笹塚孫一が嘯《うそぶ》いた。

「坂崎さんに厄介をおかけしているお方が、近くにもおられませぬか」

一郎太の言葉に由蔵と笹塚孫一が顔を見合わせた。

「一郎太、そのほう、近頃ちくちくとわしに嫌味を言いよるな」

「とんでもないことで。笹塚孫一様は不動の年番方与力、一介の同心が嫌味を言うなどありえませぬ。思い過ごしにございます」

「どうも、そのほうの馬鹿丁寧な応対ぶりからして気に入らぬ」

「おや、定廻り同心は謙虚であれ、物言いには気をつけよ、と日頃からわれらに訓戒なさるのは笹塚様にございますぞ。雑な言葉遣いで構わぬのでございますか」

「木下一郎太、できるか」

「若い頃は、よう笹塚様に言葉遣いを注意されました」

「思い出した」

「なにをでございますか」

一郎太は供された最中を手拭いに包みながら、上役の笹塚に顔を向けた。

「一郎太、最中は嫌いか。わしが貰うてやろう」

「笹塚様、これはわが身内への土産《みやげ》にございます」

一郎太は笹塚が差し出した手を見て、急いで懐に入れた。

「身内じゃと。一つの最中を身内五人で分けるのか。少しばかりの甘味を分け与えては却って酷ではないか」

この南町奉行所与力と同心、馬が合うというのか信頼し合った間柄だ。

「笹塚様、木下様、手土産の最中はお二人に別々に用意させます。どうか木下様、遠慮なくお召し上がりください」

由蔵が言いながら、奥へと言い付けた。

「なにやら一郎太、そのほうのせいで催促したようではないか」

笹塚がにんまりし、一郎太が懐の手拭いから最中を取り出して皿に戻すと、笹塚に皿ごと差し出した。

「なに、そなた、甘味が嫌いであったか」

「笹塚様、親しい今津屋とは申せ、店先で最中を食されるのは、江戸広しといえども、南町奉行所年番方与力笹塚孫一様くらいです。それに、笹塚様の前で最中を頂戴しても美味しいとも思えません。どうぞ」

「そうか。一郎太の分を横取りしたようで心苦しゅうもあるな」

と言いながらも、笹塚は一郎太の差し出した最中を皿ごと受け取った。

「おお、そうじゃ、忘れるところであった」

「なにをです」

「物の言い方も知らなかった木下一郎太が馬鹿丁寧な言葉遣いになったのは、鰻《うなぎ》割《さ》きの内職をしていた浪人者の坂崎磐音と付き合うようになってからではないか」

笹塚の言葉に一郎太が、

「そういえばそうかもしれません」

となんとなく昔を追憶するような表情で言った。

「尚武館の先生、無言のうちにあれこれとわれらに影響を与えておるのう」

「おや、笹塚様も坂崎様から影響を受けたことがございますか」

由蔵が笹塚に訊いた。

「わしはあの者と知り合う以前、初めての人物に会う折りは、いささか気遣いやら緊張を感じておった。これでも笹塚孫一、神経は細やかなのだ。だがな、坂崎磐音と知り合うて以後、普段どおりの態度でな、飾らぬように自然体で行くことを学ばされたかと思う」

由蔵も一郎太も、笹塚の神妙な顔を見ていたが、
ぷうっ
と吹き出した。

坂崎磐音と空也は、豊後関前城下の北外れを流れる須崎川の土手道を花咲の郷へと急いでいた。

空也は父に、

「同道せよ」

と祖父の屋敷で命じられたとき、祖父がいつ身罷っても不思議ではない緊迫の状況下で、どこへ行こうとしているのかと訝しく思っていた。だが、父の険しい顔を見て、行き先を訊けずにいた。

城下を抜けて須崎川の土手道に出たとき、

(奈緒様の家を訪ねるのだ)

と思った。

それにしても父はなぜその理由を言わぬのか、疑問に思いながらも黙って従ってきた。父はなにか物思いに沈んでいた。

「父上、奈緒様の家に参られるのですね」

城下から花咲の郷へ、半分ほど歩いたとき、我慢しきれなくなって尋ねた。

「そうじゃ」

「奈緒様一家になんぞございましたか」

「迂闊にもひとり見逃しておった」

空也は磐音を見た。

「伊鶴儀登左衛門一党は、すべて目付のもとで取り調べの最中ではございませぬか」

「そうじゃ」

まさか、あの人物が関前藩に関わりを持ち、七番目の刺客に就いていたとは、磐音は努々考えもしなかった。

「父上が知っておられる人物ですか」

「承知しておる。われらが三年半余の旅から江戸に戻り、小梅村に尚武館坂崎道場を再興した時節のことだ。そなたは未だ幼かったゆえ、騒ぎを覚えておるまい」

と前置きして、磐音は空也に説明を始めた。

天明三年（一七八三）のことだ。

木挽町《こびきちょう》に老中田沼意次・意知父子の陰の助勢を得て、起倒乱流《きとうみだれ》の流れを汲む江戸起倒流道場が開かれていた。

この道場に陸奥白河《しらかわ》藩松平定信ら名だたる大名諸家がこぞって入門した。そのことが評判を呼び、江戸起倒流道場はたちまち、

「門弟三千人」

を豪語するほど東国剣術界を席巻するに至った。

ところが、その背後には田沼意次・意知父子が密かに控えていたのだ。

田沼父子の陰からの助勢に感謝の気持ちを示さんとしたか、江戸起倒流の門弟たちが小梅村の尚武館坂崎道場に再三再四にわたり、卑怯な悪さを仕掛けるようになった。むろん道場主の意を汲んでのことだった。

そのような最中、深刻な事態が発生した。

関前藩の跡継ぎ福坂俊次一行が小梅村での稽古から戻ろうとした折り、南蛮渡《なんばんわた》りの毒を槍の穂先や矢の先に塗った道具で不意打ちを受けたのだ。

その毒槍と毒矢を、関前藩家臣の籐子《とうご》慈助《じすけ》と猪牙舟《ちょき》で救援に出た霧子が受け、死の危険に陥った。

そのことを知った磐音は、もはや許せぬ所業と判断した。

そこで霧子の父親代わりともいえる弥助と重富利次郎を伴い、江戸起倒流の木挽町道場に乗り込んだ。

剣術家坂崎磐音が感情にかられて、他道場に乗り込んだ経験は、この一度しかない。関前藩士ばかりか身内同然の霧子が死の淵にあるのだ。磐音は内心の怒りを抑えきれなかった。

それでも豪壮な道場の門を潜ったとき、怒りを抑え平静に戻った。

磐音は空也にさらに語り聞かせた。

関八州《かんはっしゅう》でも武名を知られた三田次郎左衛門《みたじろうざえもん》と利次郎とを立ち合わせることになった経緯、さらには自らが、肥後同田貫上野介《ひごどうたぬきこうずけのすけ》の豪剣を持つ道場主に対し、木刀で立ち合い、江戸起倒流の必殺技陰陽一技まで繰り出す対戦者に、後の先で突き返して勝ちを得たことなどを、淡々と空也に告げた。

「父上、霧子さんが長いこと寝ておられたのを覚えております」

空也は弥助から事情を聞かされ、霧子の怪我が重篤なことを知った。そのときから、空也は胸の中で、

「南無大師遍照金剛《なむだいしへんじょうこんごう》」

を唱え続けて霧子の回復を祈ったことを、父の説明で思い出した。

松平定信をはじめ、多くの門弟が見守る中での尋常の勝負だった。それも真剣に対し、木刀で立ち合った磐音が完璧な技で打ち破ったのだ。

東国一を豪語してきた江戸起倒流は、この勝負を機に水が引くかの如く衰退した。

幕臣でもあった道場主は、

「坂崎磐音打倒」

を宣告し、江戸から姿を消した。

十二年前のことだった。

「父上、その者が奈緒様とどう関わりがあるのでございますか」

「分からぬ」

と磐音は正直に応えた。

だが、推測はついた。

一度剣術家の頂きに立った人物が、磐音の一撃で地獄へと転がり落ちたのだ。自ら招いた転落とはいえ、ひたすら怒りを修行の源にしてこの十二年余、己を鼓舞してきたのであろう。

藩政を壟断すべく動いていた中老伊鶴儀登左衛門と組み、磐音の帰国を気長に待ち受けていた事実は、そうとでも理解するしかなかった。

あの者は、関前藩の跡継ぎ福坂俊次の帰路を、卑怯未練な毒矢で門弟に襲わせたことを忘れたのであろうか。

「父上がその者を倒したのは何年前のことですか」

「十二年前のことじゃ」

空也は、竹屋《たけや》ノ渡しで父と真剣勝負をなした剣術家土子順桂吉成《ひじこじゅんけいよしなり》のことを思い出していた。

「空也、この者を土子どのと重ね合わせたか」

「はい」

「この者、土子順桂どのと比すべくもなく、愚かな剣術家修行をなしてきたと思える。じゃがな、空也」

磐音は言葉をいったん切った。

「土子どのは己に向き合い、修行を続けてこられた。ゆえに純粋に剣術家の勝負が叶うた。父が生き残ったのは、わずかな運の差であった。されど、この者、鈴《すず》木清兵衛《きせいべえ》は、この坂崎磐音憎しの一念でこの十二年を生きてきたと思える。空也、繰り返す。剣術を極めるとは、他者を制し破ることではない。己に克つことがその極みと父は考える。とはいえ、他者の上に立つことだけを考え続けた剣術家が勝負を制することはままある。剣を活《い》かすも殺すも使う者の心持ち次第だが、勝敗は別のことだ」

磐音の言葉に空也はなにも答えない。

「父の言葉をいつの日か、脳裏に浮かべることがあろう」

「はい」

と空也は素直に頷いた。

「霧子が偶《たま》さか十二年前の鈴木清兵衛を記憶しておってな、花咲の郷の寺の回廊に居眠りする武芸者の姿と重ね合わせてくれたのは、僥倖《ぎょうこう》であった。天がわれらに味方しているのやもしれぬ」

霧子は、

「江戸起倒流の鈴木清兵衛が、奈緒様一家に危害を加えんとしているかと思えます」

と文に認めてきた。

「十二年もの長い歳月、野山に伏して武者修行を成し遂げた剣術家が、さように卑怯未練な考えをいたしますか」

「憎しみと怒りだけを糧《かて》に修行し続ける者もいるということじゃ。空也、そなたが一廉《ひとかど》の剣術家になるかどうかは、相手と己を見詰める眼を有しうるかどうかにかかっていよう」

空也は、胸の中に克己心の三文字を刻み込んだ。

「父上は土子様との戦いに私を立ち会わせ、今また鈴木清兵衛様との戦いを私に見せようというのは、なぜでございますか」

「剣術家の生涯は非情なものだ。死ぬる時がいつ来るやもしれぬ。空也、父がそなたを戦いに立ち会わせるのは、父の死をそなたに見せておきたいのやもしれぬ」

「父上が鈴木清兵衛などに負けるはずはございませぬ」

「空也、勝負の綾は不思議なものじゃ。負けるべくして生き残り、勝つべくして斃れることもある」

空也は口を堅く閉ざして、なにも答えなかった。

須崎川が夕暮れに染まり、流れの向こうに奈緒の紅花畑が見えた。

正睦に磬音は別れを告げてきた。生きている間に会えて、話せたのだ。

霧子の知らせは、生きている奈緒一家を助けよと磐音に命じていた。

(空也、そのために父はこの場にある)

胸のうちで磐音は洩らした。

二

霧子が気配も見せず須崎川の河原から姿を現した。

「ご苦労であった」

磐音の労いの言葉に頷いた霧子が、

「鈴木清兵衛は、新妙寺《しんみようじ》の回廊に体を休めたまま、半日ほど眠りこけております。夜になって動くと見ました。私が見張っていることに気付いております」

「鈴木清兵衛ほどの剣術家ならば、そなたの気配に気付いて当然であろう」

鈴木清兵衛の狙いはあくまで坂崎磐音にあった。奈緒一家はそのための囮《おとり》にすぎない。

見張りの眼、つまりは霧子を通じて、鈴木清兵衛は、奈緒一家がわが手中にあると磐音に訴えているのだ。そして、その狙いどおりに磐音が花咲の郷にやってきていた。

「奈緒と子たちはどうしておる」

「つい半刻前、紅花畑から家に戻り、ただ今は夕餉の仕度をなさっているように思えます。炊煙が立ち昇っておりますゆえ」

「家に帰ったあと、だれも姿を見せぬか」

「亀之助様と鶴次郎様が汗をかいた体を一度井戸端で清められ、桶《おけ》に水を汲んで屋内に入られました」

霧子は、新妙寺と奈緒の家が見渡せる場所で見張っていたようだ。

「なにか気がかりにございますか」

霧子が見落としたことがあるかと磐音に質した。

「いやそうではない」

漠とした不安を感じながらも、磐音は霧子にこう答えた。

鈴木清兵衛が十数年の諸国放浪の武者修行の末に、磐音の旧藩を訪れ、磐音が関前を訪れる機会を気長に待ち、その間に奈緒一家に狙いをつけたのは、いかにも鈴木清兵衛らしいと思った。

同時に寺の回廊で半日も惰眠を貪る姿を霧子に見せつけるなど、鈴木清兵衛の悠揚《ゆうよう》迫らぬ態度に微《かす》かな違和感を抱いたのも確かだ。

鈴木清兵衛は磐音との対決を望んでいるだけではないのか。

十数年前、江戸で得ていた剣術界の頂きを再び夢見ているのか。恥辱に塗れた剣術家が再び復活するなどあろうはずもない。となると、磐音に塗炭の苦しみを味わわせた後に斃す、憎しみの果ての所業か。

磐音と霧子の話を聞いていた空也が、

「父上、私がだれにも悟られぬよう奈緒様の家に潜り込みます。宜しゅうございますか」

と許しを願った。

磐音が頷くと同時に、木刀を携えた空也は、霧子が姿を見せた須崎川の河原の芒の中に姿を消した。

磐音は霧子の案内で新妙寺に向かった。

「あっ」

花咲の郷の小さな寺の回廊が無人なのを見た霧子が、押し殺した悲鳴を上げた。

霧子は紅餅舟の船頭万作を見張りに頼んできたのだ。その万作の姿も見えなかった。

磐音は奈緒の家のある方角に目をやった。

静かだった。異変が起きている様子は窺えなかった。

不意に万作が二人の前に姿を見せ、

「あの侍、寺の厠《かわや》を使い、井戸端で顔を洗っております」

と報告した。

霧子が安堵の吐息を洩らした。

「万作どの、舟にて待機していてくれぬか」

と願った磐音は奈緒の家へと向かった。すると霧子が磐音のかたわらから気配もなく離れていった。

なにが起こっても霧子は霧子のやり方で対処しようとしているのだ。

磐音は百姓家の庭へ入ろうとした。

その瞬間、今まで新妙寺にいたはずの鈴木清兵衛が磐音を待ち受けていた。

「鈴木清兵衛どの、久しぶりかな」

「誘い出されたな」

鈴木清兵衛が掠《かす》れた声で言い放った。

「潰れた喉も少しは回復されたとみえる。それにしてもわが旧藩にてそれがしの来訪を待つとは、考えられましたな」

「江戸で打ち倒すより、坂崎磐音の死に場所には関前が相応《ふさわ》しかろう」

「鈴木清兵衛どの、そなたが対戦する相手の気持ちを慮《おもんぱか》るとは、いささか異なことでございますな。中老であった伊鶴儀登左衛門に取り入った行為を考えても、そなたが武者修行者の本分を逸脱し、なんぞを企てておられるような気がしてなりませぬ」

磐音の穏やかな口調の問いに、声もなく鈴木清兵衛が笑った。

「勝負に正邪は関わりなし。またいかなる策も勝負のうちじゃ」

「この十数年の諸国回遊で得られたお考えですか。過ぎ去った日々、老中田沼意次様と意知様の後ろ盾《だて》で、江戸起倒流道場を起こし、一時は『門弟三千人』と豪語なされた鈴木清兵衛どのが、武者修行の末に辿り着かれた境地にしては、いささか寂しい話にございますな」

「なぜこの鈴木清兵衛が坂崎磐音ごときに敗北した」

積年の想いが籠った言葉を叫んだ。

「勝負は時の運にござる」

「すべてを失うた」

「坂崎磐音憎しの想いで武者修行に出られましたか」

磐音は庭に出た。

すると筒袴に武者草鞋、袖無《そでな》し羽織を着た鈴木清兵衛の背後に、同じ形《なり》の者が立っていた。その手に短弓があった。

「わが仲間が見張っていることに気付かれたそなたは、伊鶴儀登左衛門にすら秘して影武者を用意しておられたか。そなた、剣術家の道に進むべき御仁ではござらぬ。今は亡き老中どのに取り入った十数年前からなにも変わっておられぬ」

磐音が断罪するように言い切った。

「坂崎磐音、勝負は最後に生き残った者が勝者。単純な理《ことわり》じゃ」

(あわれなる考えかな)

磐音が考えたとき、奈緒の家の中でお紅の悲鳴が上がった。

鈴木清兵衛にはさらに手下がいたのか。

視線を向けた磐音に、鈴木清兵衛が肥後同田貫上野介、刃渡り二尺四寸三分の鯉口を切りながら、

「小林奈緒は坂崎磐音の許婚であったそうな」

「遠い昔の話にござる。今では奈緒一家はわが身内にござる。一廉の武芸者が女

子供に手出しをしてどうなるものでもござるまい」

「腰の刀を大小ともに抜いて捨てよ」

鈴木清兵衛が磐音に命じた。

影武者が短弓に矢を番《つが》え、磐音の動きを封じるように狙った。

磐音が包平《かねひら》の下げ緒に手をかけた。

「鈴木清兵衛どの、修行のし直しをなされたのは、それがしとの尋常な勝負を求めてではなかったのでござるか」

「坂崎磐音は、旧藩関前領内でこの鈴木清兵衛に斬り刻まれ、二十数年前に死を遂げた友らのあとを追うのだ」

短弓に動きを封じられた磐音に向かって、狂気の眼差しに変わった鈴木清兵衛が宣告した。

いまや奈緒の家は沈黙に支配されていた。

「関前藩は明和九年の騒ぎにて大いなる犠牲を強いられた結果、学び申した。第二、第三の宍戸文六は決して出してはならぬ、とな。こたびの伊鶴儀登左衛門は今日にも家禄召し上げ、身は切腹の沙汰《さた》が関前藩十一代藩主福坂俊次様より下命されましょう。わが友らの死は関前藩の基を正すためにあったのでござる。決して罪科《つみとが》だけで命を失うたわけではござらぬ」

坂崎磐音が静かに告げた。

奈緒の家の沈黙が、徐々に破綻に向かって膨らんでいるように思えた。

「鈴木清兵衛どのも幕臣にございましたな。ただ今鈴木家はそなたの嫡男が継いでおられる。倅どのに難が降りかかる生き方はなされぬことじゃ」

「そのほう、いかなる策を用いて尚武館道場の再興をなしたや」

「訝しゅうござるか」

「先に西の丸徳川家基様に媚《こ》びへつらい、こたびは上様に取り入ったか。器用なことよ」

清兵衛の声音には嫉妬が、羨望が覗いた。

「鈴木清兵衛如き未熟な武者修行者にはお分かりになりますまい。剣術家には剣術家の分際がございます。政《まつりごと》を拒むことなく間合いをとりて人事を尽くす、その理がな」

磐音の言葉は辛辣に鈴木清兵衛の耳に響いた。

「未熟な武者修行者とぬかしおったな。許せぬ」

鈴木清兵衛が叫んだとき、奈緒の家から沈黙を破り、複数の人間が争う物音が一頻《ひとしき》り続いて、呻き声がしたかと思うと人が倒れる気配がし、また静寂に戻った。

短弓を構えていた影武者が、弦を持つ指を離そうとした。

その瞬間、夕闇《ゆうやみ》を裂いて刃が飛来し、短弓を持つ影武者の首筋に突き立った。

うう っ
と影武者が立ち竦んだ。

長年の怒りを抑えて霧子が冷静に擲《なげう》った雑賀衆が使う両刃の手裏剣が、深々と首筋を抉ったのだ。ために矢が磬音の頭上高くに飛んで虚空に消えた。

鈴木清兵衛の門弟から毒矢を受けて、幾月も生死の境を彷徨《さまよ》った霧子だ。鈴木清兵衛とその一門は霧子にとって憎むべき相手であったが、重富利次郎という伴侶を得て感情を抑える術を身につけていた。

冷静な想いが籠った雑賀衆の両刃手裏剣が影武者の首に突き立ち、斃した。

奈緒の家から物音が再び響き、腰高障子《こしだかしょうじ》になにかがぶつかって庭へと障子ごと倒れ込んできた。

抜き身を手にした中戸道場門弟の比良端耕一郎だった。ぴくりとも動かぬことが月明かりに確かめられた。

空也が姿を見せた。

「父上、奈緒様や亀之助さんは皆無事です。中老組と関わりのある三人の肩を木刀で打ち砕きました」

「ようやった」

磐音が空也に声をかけ、

「鈴木清兵衛どの、もはや一剣客として坂崎磐音に挑むしか途は残されておりませぬ」

清兵衛に向かって諭すように言った。

「おのれ」

鈴木清兵衛は一瞬の裡《うち》に気持ちを立て直した。一時であれ東国の剣術界に、

「その人あり」

として名を知られ、

「門弟三千人」

を豪語した江戸起倒流の道場主であった。

だが、己の道場で数多《あまた》の門弟が見守る中、坂崎磐音に完膚《かんぷ》なきまでの敗北を喫した。そして、死さえ与えられず生きる道を選ばされた。

鈴木清兵衛はこの十二年余、起きているときも寝ているときさえも、あの戦い

（驕《おご》り高ぶっている）

と鈴木清兵衛は思った。

正眼の鈴木清兵衛と刀を抜きもせぬ坂崎磐音が、その構えのままに動かない。

まるで万年の歳月を過ごした巌《いわお》のように不動を保っている。

間合いは一間。

どちらも相手を制するためには踏み込むか、恐怖に耐えて相手の仕掛けを待つかの二つに一つしか策はない。

二度目の戦いだ。それも鈴木清兵衛が仕掛けたのだ。

坂崎磐音は一撃で決する途を選んだ。

鈴木清兵衛も相手に合わせるしか対抗策はない。

（後手に回ったか）

清兵衛の脳裏にそんな考えが奔《はし》った。だが、その考えを振り払い、正眼の構えをゆるゆると八双へと移した。相手が一撃必殺ならば自分もまたただの一撃で応じるべきだ。だが、構えを移す過程で、

「緩み」

が生じた。

坂崎磐音が動くことを鈴木清兵衛は恐れた。

だが、磐音は正眼から八双への移行を許した。

空也は父の不動の構えがいつ動くか、凝視していた。

霧子もどちらが先に仕掛けるか、固唾《かたず》を呑んで見守っていた。霧子の脳裏にあるのもまた古強者《ふるつわもの》同士のこの勝負、

「一撃で決する」

ということだ。

奈緒の家は森閑《しんかん》として物音一つしなかった。

「静と静」

の立ち合いだった。

夏の夜が更けていく。

薄い月明かりが花咲の郷を照らし出していた。奈緒が丹精した紅花はそろそろ花の盛りを過ぎようとしていた。

須崎川の流れが月明かりに蒼《あお》く輝いていた。

紅餅舟の船頭万作は、奈緒の家から伝わってくる殺気に、つい舟を離れて、垣根越しに庭を覗いた。

万作の眼には刀を右肩の前に立てた武芸者と、刀を抜いてもいない坂崎磐音の対決が見えた。

「き、斬り合いじゃ」

と万作が呟いた。

刀を立てた武芸者の五体からめらめらと殺気が立ち昇っているのが感じられた。

一方坂崎磐音は、刀の鍔元《つばもと》と柄に両手を置き、わずかに腰を沈めて不動の姿勢で応じていた。こちらは何万年もの間、風雪に晒された巨壁のようにただそこにあった。その上、訝しいことに長閑な静けささえ漂っていた。

どれほどの時が流れたか。

「江戸起倒流秘技、八双自在」

鈴木清兵衛からこの言葉が発せられ、間合いを一気に詰めて、八双に立てられた刃渡り二尺四寸三分の同田貫上野介が磐音の右肩へと伸びていった。

坂崎磐音の包平は未だ鞘の中だ。

(動いてください)

霧子が胸の中で念じた。

その直後、左手が鍔を弾き出して、磐音の柄にあった手が翻《ひるがえ》り、一条の光がしなやかな円弧を描いた。

磐音の愛刀備前包平は刃渡り二尺七寸余もある大業物《おおわざもの》だ。

扱いに難儀する重く長い刃が鳥の羽のように軽やかに伸びていき、その肩口に落とされる八双自在を紙一重で掻い潜ると、包平の大帽子《きつさき》が鈴木清兵衛の胴から胸を撫で斬り、さらに体を横手に飛ばした。

万作が思わず、

ひえっ

と声を上げた。

磐音は庭に転がった鈴木清兵衛の最期を見た。

鈴木清兵衛は眼差しを磐音に向け、小さく息を吐くと、絶えた。

空也は父の剣に、

「機に臨み、変に応ず」

の剣術の極意を見た。

血振りをした磐音が包平を鞘に納め、鈴木清兵衛のかたわらに跪《ひざまず》くと合掌した。

三

坂崎正睦が身罷ったのは、磐音と空也が奈緒一家を伴い、屋敷に戻って半刻後のことであった。

磐音が鈴木清兵衛と戦ったのは、六つ半（午後七時）の頃合いであった。

磐音は霧子に願い、万作の紅餅舟を使って関前城下へと急ぎ戻らせた。

この一件、元中老伊鶴儀登左衛門の藩政壟断に関わることだ。目付や町奉行に知らせ、始末を仰ぐべきと磐音は考え、霧子を使いに立てたのだ。

その上で鈴木清兵衛と影武者の二人の骸《むくろ》を納屋に移して筵《むしろ》をかけ、奈緒一家四人を人質に取ろうとした比良端耕一郎ら三人に空也が即席の治療をなし、家の土間の柱に縛りつけた。

奈緒一家の無事を磐音は確かめた。

霧子が目付の龍角儀一郎《りゅうかくぎいちろう》と町奉行の新納瑞樹らを伴い、花咲の郷に戻ってきたのは、深夜九つ（午前零時）過ぎだった。

鈴木清兵衛ら骸二体の検分と、比良端耕一郎らの調べが急ぎ行われ、それらのことがひとまず終わったのは、八つ（午前二時）を過ぎていた。

霧子は、関前城下に戻ったとき、先の国家老坂崎正睦が未だ存命していることを龍角らから聞き知っていた。ゆえにそのことを磐音に報告した。

龍角らは、比良端たちが叔父の中老伊鶴儀登左衛門の身柄を取り戻すため、鈴木清兵衛の力を借りることにしたとの証言を得ると、

「愚か者めが。伊鶴儀登左衛門は、関前藩内に分派をつくり、藩物産所の公金を勝手に費消した罪により、即刻お家取り潰し、藩主福坂俊次様より直々に切腹の命が下ったわ」

龍角が比良端に言い放った。

「命が下ったとは、どういうことでございますか」

比良端が、空也に木刀で砕かれた肩の痛みを堪えて問い返した。

「命が下ったとの意が理解つかぬか。伊鶴儀登左衛門はもはやこの世の者ではないということだ」

「嗚呼《ああ》ー」

比良端耕一郎が悲鳴を上げた。

町奉行の新納が龍角と相談し、

「坂崎様、お父上のもとへ急ぎお帰りくだされ。こちらの始末はわれらがつけます」

と言い、磐音はその厚意を受け入れることにした。

磐音ら三人と奈緒一家は万作の紅餅舟で須崎川を下り、一石橋際の船着場で下りると、中之門内の屋敷に急ぎ戻ったのだ。

屋敷は森閑としていた。

身内や奉公人は起きていた。

正睦は明らかに最期の刻を迎えていた。それを一同が見守りつつ、磐音らの戻りを待っていたのだ。

「遅うなりました」

磐音らが足音を立てぬように離れ屋の病間に入ると、熱でも出たのか、おこんが清水で濡らした手拭いを正睦の額に載せようとしていた。

「おまえ様、磐音と空也が奈緒さん一家を伴い、戻って参りましたよ」

照埜が声をかけた。

正睦が瞑っていた眼を薄く開けた。だが、視界はおぼろで、磐音らがどこにいるのか見えない様子だった。

磐音が枕辺に座り、正睦の手を握った。

「父上、磐音です。お分かりですか」

「わ、わが子の声を、わ、忘れるものか」

正睦が声を絞り出した。

「すべて落着いたしました。奈緒たちも無事で共に参りましたぞ」

「そうか、始末がついたか」

正睦の顔に安堵が漂い、

「おこん、て、手拭いをとれ」

と命じた。

磐音が額の手拭いを取ると、正睦がその場に集まった一同をかすむ眼で眺めた。

「坂崎正睦、幸多き一生であったわ」

と正睦が呟き、

「最前から、わが枕辺に集まる者たちには別れの言葉をかけた」

「父上、律儀でございますな」

「その律儀をそなたが受け継いだ。あちらこちらに気を遣うて生きおるわ」

磐音が笑った。

「致し方ございませぬな」

「空也、そなたは父や爺の気性を継がずともよいぞ」

正睦がおぼろな眼で空也を捉え、言った。

「かまいませぬか」

「己が信じた道を進め」

しばし空也の返事に間があり、

「はい」

と答えた。

「もうお話しにならなくてもようございます」

「おこん、すぐに嫌でも話せなくなるわ」

と応じた正睦がしばし言葉を止め、だんだんと弱ってきた呼吸を整えた。

「奈緒はおるか」

「は、はい」

奈緒がにじり寄った。

「明和九年の騒ぎから長い歳月が流れた。苦労をかけたな」

「とんでもないことでございます」

奈緒が顔を畳に伏せた。涙を隠そうとしてのことだ。

長い沈黙のあと、

「関前紅をそなたの手でやり遂げよ」

「か、必ずや満足のいく紅を造ります」

ふっ、と息を吐いた。

「磐音、若き殿を頼んだぞ」

「父上、気遣いはもはやお忘れなされませ」

ふっふっふっふ
と微かな笑みが正睦の口から零《こぼ》れた。

「金兵衛どのに会えるのが楽しみ……」

正睦の声が途切れた。

死の刻であった。

磐音は次第に冷たくなる父の手を、ただ黙したまま握り続けていた。


江戸の神保小路の尚武館道場では住み込み門弟衆総出の掃除が終わり、道場主に代わって、小田平助が榊《さかき》と神棚の水を替えた。

夜明け前のことだ。

道場のあちらこちらの壁掛け行灯に火を入れ、しばしの間、行灯の灯りで稽古が続けられる。夏の間は行灯の点灯は短いが、夜明けの遅い冬場は灯りの下での稽古が長く続いた。

神原辰之助が神棚に向かい、拝礼をしようとしたとき、風もないのに行灯の灯りが一斉に消えた。

薄暗がりの中で辰之助らが辺りを見回した。だが、怪しい気配はなかった。そこへ、毎朝母屋の仏壇の線香と灯明《とうみょう》を灯《とも》して、磐音一家の無事を霊前に願う弥助が姿を見せた。

「行灯の火が消えましたか」

「弥助さんや、風もなかとにくさ、行灯が一つ残らず消えたと」

「小田様、母屋の仏間の蠟燭《ろうそく》の火も揺らいで消えました」

弥助が一同に尋ねた。

しばし無言が続いた。

「こりゃ、考えられることはたい、たった一つしかなかろ」

「坂崎正睦様が身罷られた」

「そういうことたい、弥助さん」

二人の年寄りの話を聞いていた神原辰之助が、

「先生方は正睦様の死に目に間に合われましたよね」

と尋ねた。

「間違いなか、磐音先生が正睦様の死を見送られたと。そげんこつで正睦様がくさ、江戸に知らされたとやろ」

小田平助が言った。

「稽古は中止ですか」

若い門弟が口を挟んだ。

「いえ、行灯の灯りを灯し直して、稽古を始めます。それがわれらにできる坂崎正睦様への供養にござる」

神原辰之助が言い切った。

「やはりこちらにもお告げがあったか」

道場の玄関のほうから声がして、松平辰平が姿を見せた。

「どうかしましたか」

辰之助が辰平に訊いた。

江戸にいる間は必ず朝稽古に来ると約束した辰平は、尚武館に出向いてきて若い門弟たちを指導していた。

「神保小路へ入った途端、つい数日前に下ろしたばかりの草履《ぞうり》の鼻緒が切れたのだ」

と答えた辰平の手に、片方の草履が持たれていた。

「鼻緒は季助さんが直してくれている」

と答えた辰平が、

「関前で坂崎正睦様が亡くなられたな」

と言い切った。

辰平は過ぎし日、磐音とおこんに従って関前藩に滞在したこともあり、その関前から武者修行に旅立ったのだ。

尚武館道場の門弟の中でも、だれより関前藩とも坂崎家とも親しかった。

「辰平さん、正睦様の冥福を祈って稽古に励みます。それでよろしいですね」

「よい」

と辰平が辰之助に答え、いつもの尚武館道場の猛稽古が始まった。

坂崎正睦の弔いは、もはや隠居の身ということもあり、坂崎家の旧宅近くの菩提寺養全寺で内々に催すことになった。

喪主を務めたのは当代の坂崎遼次郎であった。その遼次郎が国家老の中居半蔵にその相談をなした折り、半蔵は、

「坂崎家の心情は分かるが、内々の弔いにはなるまいな」

と考えを述べた。そして、

「考えてもみよ。坂崎正睦様は、殿の信頼があるゆえ長年国家老を勤め上げてこられただけではない。この二十年余で関前藩を借財だらけの貧乏大名から金蔵にそれなりの蓄えがある大名に変えたのは、坂崎正睦様と磐音父子の力じゃぞ。中興の祖と呼ばれるのは、そういう謂れがあってのことじゃ。その正睦様の弔いとなれば、坂崎家がどう考えようと大勢が弔問に集まる。なにしろ先の国家老は、齢《よわい》七十五の天寿を全うされたのじゃからな」

と付け加えたという。

その話を遼次郎から聞いた磐音は、その覚悟をした。

通夜の場に真っ先に駆け付けたのは、藩主の福坂俊次であったことが、家臣へ伝わった。

当然、通夜に出向いた家臣から藩内一同に伝わり、弔いはほぼすべての家臣が参列し、城下の商人、漁師、また近郊の百姓衆まで別れに出向いて大仰なものになった。

磐音は、通夜に俊次が訪れた折り、中居半蔵、遼次郎を含めて、正睦の枕辺で話すことができた。

「坂崎先生」

俊次が磐音を呼んだ。

「殿、呼び捨てにしてくだされ」

「坂崎磐音はわが家臣ではございません、剣術の師です。となれば先生と呼ばせていただきます」

俊次がそのことに拘った。

中居半蔵が互いの立場を知るゆえ、笑いながら言った。

「まあ、磐音が殿とお呼びし、殿が磐音を先生と呼ばれるのは致し方ないことでござろう」

「こたびも先生の力を借りることになりました。礼を申します」

「殿、父の不手際を子が償うのは当然のことにございます」

「花咲の郷の一件、中居から聞きました。先生、これでこたびの騒ぎは落着したと思うてよいのでしょうか」

磐音は首肯し、俊次に言った。

「それがしが相手した鈴木清兵衛の名に、殿はご記憶ございませぬか」

「予が知る人物ですか」

磐音は、田沼意次、意知父子が権勢を揮《ふる》っていた時代、木挽町に開かれた江戸起倒流の道場主鈴木清兵衛の手の者が、小梅村から江戸藩邸に船で戻る途次の俊次ら一行を毒の塗られた槍と矢で襲い、関前藩家臣籐子慈助と霧子が重篤な怪我を負った騒ぎの一件を語った。

「なに、花咲の郷で師を待ち受けていたのは、『門弟三千人』を豪語していた、あの道場主であったか。慥《たし》か先生と重富利次郎、弥助どのの三人で木挽町に乗り込み、一撃のもとに倒した相手でしたな」

磐音が頷き、話を続けた。

「以来、鈴木清兵衛は旅の空の下、それがしを斃すための修行を重ね、なんと関前藩に辿り着いて、伊鶴儀登左衛門の刺客として、それがしとの勝負を願うてきたのです」

「驚いたぞ」

中居半蔵が呻くように言った。

「剣術家は、かように業深きものにございます。こたびの騒ぎ、関前藩とこの坂崎磐音を巻き込んでのもの、それがしが動いたのは致し方なき仕儀にございました」

しばし沈黙が場を支配した。

期せずして四人は坂崎正睦の死に顔に視線を向けた。

正睦の顔には、穏やかな表情が見られた。

「磐音、明和九年、陽炎立つ御番ノ辻の戦いが、ただ今決着したのではないか」

「中居様、奈緒の生き方を見ているとき、それがしもそう思いました」

と答えた磐音は、

「殿、父の遺言でもございます。関前紅を奈緒の手で仕上げさせてくださりませ。小林家は取り潰しに遭いましたが、奈緒に小林家の汚名を雪《すす》がせてやりとうございます」

「明和九年から二十三年余が光陰の如く過ぎ去った。われら、恩讐を超えて関前藩の再建をせねばなりませぬな。正睦は、われらの行いを見守っておられよう」

磐音は父の死に顔に視線を預けて、

「いかにもさようにございます」

と俊次に応えていた。


弔いは城下じゅうの人々が寺町の養全寺に詰めかけて賑やかに終わった。

その翌日の昼前、磐音は空也を伴い、猿多岬の翠心寺の離れ墓を訪れ、河出慎之輔と舞夫婦、小林琴平の墓に詣《もう》でて、

「父の死」

を報告し、奈緒が関前領内で紅花栽培に精を出し、今夏はこれまでにない紅餅ができそうだと、当人に代わって報告した。

手を合わせる磐音の脳裏に若き日の三人の面影が次々に浮かんだ。

磐音が合掌を解き、立ち上がったとき、空也が使い終わった閼伽桶を手に、遠く南の空を見ていた。

「父上、江戸に帰られますか」

「父の初七日を終えてからと思うておる」

と答えた磐音に空也が頷き返し、しばし思い迷う表情を見せた。

「空也、旅立つか」

磐音のほうから話を切り出した。

「父上のお許しがあれば、そうしとうございます」

「父の許しがなくとも旅立つ決意であろう」

しばし返答の間があった後、

「はい。されど父上と母上の許しのもとに旅立つのと、許しもなく旅立つのとでは大きな違いがございます」

空也の返事に磐音が頷いた。

「若き日の松平辰平どのが、わがもとを離れたのも、この関前領からであった。二十歳であった」

「父上、空也は十六にございます。武者修行は無理でしょうか」

「空也、そなたが決めることじゃ、歳には関わりがない。なにがなんでもやり通す強い気持ちがあれば、そのような問いはすまい。そなた、迷いがあるのか」

磐音の口調は険しかった。

「最前もお答えいたしました。父上と母上のお許しがなくとも、空也はこの関前から武者修行に旅立つ覚悟でございました」

「ならば、そういたせ」

「はい」

二人は関前の海を見下ろす三人の墓所から翠心寺に下りていった。

「松平辰平どのは肥後熊本に向かわれた。そなたはどちらに向かう気か」

しばし間があった。

「父上や小田平助様の手ほどきがどれほど通じるか分かりませんが、私、薩摩《さつま》にて東郷重位様《とうごうしげかた》創始の薩摩示現流《じげん》を修行しとうございます」

「薩摩か」

考えもしなかった空也の言葉に磐音は足を止めた。

薩摩ほど他国者に閉鎖的な藩もない。空也が望んだとしても、国境で追い返されることになろう。

「薩摩藩ほど入国が難しい藩はない」

「承知しております。お許しが出るまで国境で粘り抜きます」

「どこから入る気か」

「関前から日向道を進み、高岡《たかおか》筋に向かうつもりです」

空也は関前藩において薩摩への道をだれかに尋ねて調べた様子があった。

「この一件、父はなにもできぬ」

　磐音の言葉に、空也はただ頷いた。

四

　初七日が終わったあと、養全寺の身内ばかりになった席で磐音は、空也が武者修行に出立し、身内とともに江戸には戻らぬことを告げた。

　このことを前もって磐音から教えられていたのは、母親のおこんだけだった。大半の人々は空也が独り立ちすることを漠然と察していたが、それでも改めて磐音の口から聞かされると驚きを禁じ得なかった。だれもが、

（やはり本当だったのだ）

　と思い、すぐに口がきけなかった。

　長い沈黙のあと、利次郎が呟くように言った。

「松平辰平も関前から武者修行に出たのでございましたな」

　空也が頷いた。

「空也どのは十六か」

利次郎が自らの十六歳を振り返るように考え込んだ。

「利次郎様、人はそれぞれです。坂崎空也様ならば、きっとやり遂げられましょう」

二親の顔も知らず雑賀衆の郷で育てられた霧子が、亭主の胸の想いを封じるように応じた。

「霧子さん、ありがとう」

空也が礼を述べた。

いったん武者修行へ出るからには江戸へ、身内のもとへ戻ってくる確かな証《あかし》はなにもない。その場にあるだれもが、武者修行の過酷な現実を承知していた。

睦月の両眼は潤んでいた。

「空也には爺上様がついておられます」

おこんが自らを納得させるように言った。

「空也さん、武者修行は何年続くのか」

亀之助が空也に訊いた。

「亀之助さん、分からぬ」

「なぜ分からぬ。いつ江戸に戻っても、だれもなにも文句は言うまい」

「己が得心するまで修行は続く」

「だから何年なんだ」

同い年の鶴次郎が迫った。

空也が分からぬというふうに首を横に振った。

「空也どのは父御に劣らず己に厳しいからな。道場にも入れぬ独り修行を七年も八年も続けられたのだ。並みの十六でないことはたしかだ。だが、おこん様や睦月さんの気持ちを思うとな」

利次郎も複雑な気持ちを吐露した。

でぶ軍鶏、痩せ軍鶏と互いに競い合った松平辰平に先を越された利次郎には、武者修行への断ちがたいわだかまりがあった。それでも利次郎は錯綜する想いの中で、考えを切り替えた。

「空也どのならば必ずやり遂げられよう。霧子が言うように武者修行に出る歳は、その者が決めればいいことだ」

利次郎は己に言い聞かせるように言った。

「空也、この婆にも時に文をくだされよ。いや、婆に文を書く前に母親のおこんさんに必ず元気でいるとの報《しら》せを出しなされ」

祖母の照埜が空也に命じた。

「婆上様、文を書けるようなときには書きます。ですが、独り旅をしてみないと、文を書く暇があるのかどうか定かではありません」

空也は平静を保った声音で照埜に告げた。

「空也様」

霧子が空也の名を呼んだ。

「未だ約定を果たしておりませんね」

「それが心残りです」

「何年後でもようございます、空也様が得心されたとき、私に文をください。利次郎様を説得して私はかの地でお待ちいたします」

「はい」

空也が霧子に応じた。

「霧子、どこで空也どのと会おうというのか」

利次郎が初めて聞いた話に、驚きの顔で霧子に質した。

「亭主どのにも言えません」

「なに、それがしにも秘密か」

利次郎や一同が、あれこれと考えを巡らせた。

「おまえ様」

おこんが磐音を見た。

「二人が訪ねる土地だが、およその推測はつく。だが、二人が言わぬものを、それがしから言えようか。何年後かに霧子が会えれば、空也は元気でいるということじゃ。さらに修行が続くのか、いったん終わりにするのか、霧子がわれらに告げてくれよう」

その席には中居半蔵がいて、

「こたびも坂崎磐音に世話になった。新たな藩主を迎えた関前藩だ。できるだけ坂崎磐音の力を借りぬようしっかりと関前藩内の地固めをなす」

と話題を転じた。

若い藩主福坂俊次のもと、中老伊鶴儀登左衛門が藩を二分した混乱を一つにまとめる仕事が二人に待っていた。

「磐音、そなたら、近々江戸に戻るな」

「はい。筑前博多に立ち寄り松平辰平、お杏さんの一家に会うて江戸に戻ります」

磐音らは、行き違いで松平辰平が江戸藩邸に滞在していることを知らなかった。ゆえに筑前国福岡藩に立ち寄り、辰平や旧知の福岡藩士、お杏の実家の箱崎屋次郎平方に挨拶をしていこうと考えていた。

「ならば、皆で坂崎一家を臼杵道の峠まで見送るか」

中居半蔵の言葉に一同が頷いた。

「ご一統様、空也はこの場にてお別れです。父や母や妹と少しでも一緒に旅をいたしますと未練が生じます。ゆえに私はこの場から出立します」

空也が静かな声で宣した。

「えっ、空也さん、今から、この場から旅に出るのか」

亀之助が驚きの声で質した。

「はい」

「仕度はしてきたのですか」

おこんが初めて狼狽《ろうばい》の声で空也に質した。

「母上、武者修行です。木刀と刀、道中嚢《どうちゅうのう》だけで旅に出ます」

「おまえ様」

「おこん、昨日今日思いついた旅ではあるまい。空也は己に幾たびも問うた上で決意したのであろう。心積もりはできているはずじゃ。黙って送り出そうではないか」

磐音がおこんの狼狽を鎮めるように言った。

「正睦様の初七日の席でございます。その哀しみも癒えぬ間に空也も失うのですか」

おこんは、おろおろと動揺していた。

「失うのではない、おこん。空也は、朝《あした》に向かって旅立つのだ。いつの世も別れがあって出会いがある。空也は新たなる出会いを目指すのだ。笑みの顔で見送ろうではないか」

「おまえ様は、おまえ様は……」

おこんの言葉は途切れた。

そんなおこんのかたわらに空也が行き、

「母上、空也の我儘をお許しください」

と頭を下げて願った。その背をおこんが包み込むように両腕に抱いて咽《むせ》び泣いた。

奈緒もお紅も睦月も磐音の妹、伊代も目を潤ませていた。

おこんの咽び泣きは長くは続かなかった。

おこんが空也から気持ちを振り切るように身を離すと、

「ご一同様、見苦しい真似をお見せいたしました。お許しください」

と詫びた。そして、空也に、

「空也、旅立ちなされ」

と決然とした声で、涙に濡れた顔に笑みを浮かべて命じた。

空也は畳から顔を上げると一同に深々と礼をなし、家斉から拝領した備前長船派の修理亮盛光を手に、静かに姿を消した。


同日同刻。

江戸の米沢町の両替商今津屋の奥座敷に、老分番頭の由蔵が姿を見せた。主の吉右衛門《きちえもん》が大福帳を手にし、お佐紀《さき》が縫《ぬ》い物をしていた。

「どうでしたな、神保小路の様子は」

吉右衛門が顔を大福帳から上げて由蔵を見た。

「はい。相変わらず厳しい稽古が続いておりました。見所には登城前の速水左近様や古い門弟衆が眼を光らせておられますゆえ、どなたも手を抜く稽古はなさっておりませんでした」

と報告する由蔵の顔を見たお佐紀が、

「老分さん、なにか言いたいことがありそうですね」

と質した。

「お内儀様、お分かりですか。まあ、詮ない話です」

「やはりいるべき人がいないのは寂しいのですね」

「お察しのとおりです。尚武館道場に坂崎磐音は欠かせませぬな。その上、跡継ぎの空也様もおこんさんも睦月ちゃんもいない。番犬のシロもヤマもなんとなく寂しそうな顔付きでした」

「老分さんがそのような気持ちで見るからそう見えるのですよ」

吉右衛門が苦笑いした。

「さようでしょうか」

と由蔵が吉右衛門に問い返し、

「あっ、そうそう、大事なことを忘れておりました」

と数日前に尚武館道場と母屋の坂崎家で起こった不思議な話を主夫婦に告げた。

「なに、道場の灯りが風もないのに消え、仏壇の灯明も消えたと言われますか」

「旦那様、それも同じ刻限に松平辰平様が神保小路に入ると、下ろし立ての草履の鼻緒が切れたそうです」

「道場の方々はなんと申されておられますな」

「おそらく坂崎正睦様が身罷られたのではないかと」

「私もそう思います」

今津屋の奥座敷から音が消えたように思えた。

お佐紀が針を針立てに戻すと仏間の灯明を灯し、線香を手向けた。むろん坂崎正睦の供養のためだ。

吉右衛門と由蔵は黙ってお佐紀の動きに目を留めながら、胸の中で坂崎正睦の冥福を祈った。


小梅村でも朝稽古が終わり、道場の掃除が門弟衆の手で行われていた。

向田源兵衛は、田丸輝信に断り、青紅葉の楓林と竹林の間の小道を抜けて母屋に向かった。

この刻限、毎朝のように武左衛門が姿を見せて、

「孫の面倒をみるのだ」

と称しては、茶を喫しに来ていた。

向田源兵衛は、武左衛門との会話を楽しみにしていた。

楓林と竹林を抜けたところで、母屋の縁側がいつもより一段と賑やかなことに気付いた。

御家人の品川柳次郎と母親の幾代の姿があって、武左衛門と怒鳴り合うように話していた。

「おーい、幾代様、たしかに坂崎一家は一月《ひとつき》後に戻ってくるのだな」

「そう、私の勘が当たっていれば、もはや坂崎正睦様はお亡くなりになっておりましょう。となれば、初七日まで関前に滞在し、江戸へ帰って来られます」

「船でか」

「さあて、船か徒歩か。聞くところによると、西国の大名方は瀬戸内の海を摂津《せっつ》まで船行し、あとは東海道を徒歩で上がってこられるそうな。となれば一月もあれば江戸に戻られましょう」

「一月か、長いな」

思わず武左衛門が嘆いた。

「おや、武左衛門の旦那、それほどまでに坂崎磐音様が恋しいか」

「いればなにかとお節介だがな、いないと無性に寂しいものだ」

「先方様は、どなたかと顔を合わせぬのをよいことに、せいせいしておられましような」

「幾代様、どなたか、とはだれじゃ」

幾代が黙って武左衛門を指し、武左衛門が辺りをきょろきょろして、

「このわしのことか」

と尋ね返す光景を向田源兵衛は、

(これが小梅村の暮らしじゃ)

と満足げに見た。


臼杵道の峠に大勢の人々が集まっていた。そこへ旅仕度の坂崎磐音一家三人がやってきた。

山百合が風に揺れる峠道には、国家老の中居半蔵ら坂崎家と親しい藩士らがいて、磐音らを待っていた。

「遅かったではないか」

中居半蔵が磐音に声をかけた。

「殿に別離のご挨拶に伺いましたところ、あれこれ引き止められましたゆえ、遅参いたしました。ご一統様、まさかわが一家の見送りではございますまいな」

「ほかになにがある」

「驚きました」

「関前藩中興の祖のお一人は亡くなられた。だが、もう一人残っておるでな。この程度の見送りをせぬと義理を欠く」

中居半蔵が冗談に紛らわせつつ、真剣な表情で言った。

磐音は、見知った顔に挨拶をし、亡父の野辺の送りの参列のお礼を告げ、また見送りの礼を申し述べた。

「空也様の姿が見えませぬな」

関前藩物産所の長《おさ》に命じられた米内作左衛門が訊いた。

「空也か、昨日のうちに武者修行に旅立ったわ。今頃は臼杵城下に入るあたりかのう」

と中居半蔵が答えた。

「ならば本日、共に旅立たれればよかったろうに」

見送りの藩士の一人が言った。

「われら、武家奉公の安穏とした暮らしと、剣術家の厳しい生き方はまるで違うのじゃ。空也は身内への未練が生じぬよう、初七日の席から独り先に出立したのじゃ」

中居半蔵がその者に説明した。

そのとき、磐音は、迷っていたことをやはり中居半蔵に伝えておくべきかと決断した。

「中居様、ちと話がございます」

磐音は中居を見送りの人から引き離し、二人だけで対面した。

「中居様、空也の件で関前藩に迷惑がかかってもなりませぬ。一つだけ話しておきとうございます」

と前置きした磐音は、空也の最初の修行地が薩摩藩であることを告げた。

「なに、薩摩じゃと。国境を越えることは無理じゃな。どのような手を使うても空也は追い返されるぞ。いや、命を失うやもしれぬ」

中居半蔵の大声で、峠に集う一同が空也の行き先を知った。

「なんと薩摩か」

「それもこれも自らが決めたことにございます」

磐音は、空也にも告げずになしたことがあった。

一晩沈思した末に、薩摩藩島津《しまづ》家九代目島津齊宣《なりのぶ》に書状を認め、早飛脚に託して坂崎空也の武者修行をお許しいただきたいと願ったのだ。

坂崎磐音が幕府の御用道場に等しい尚武館道場の十代目であることは、島津齊宣も承知していよう。その嫡子が、

「武者修行」

のため薩摩国入りすることを父親の磐音が願うことは、賭けに等しかった。

公儀の隠密と薩摩が空也を認めれば、入国どころか、生かして他国に放逐することはない。だが、一方で東郷重位が創始した東郷示現流の会得のための薩摩入国と考えるならば、わずかながら許される可能性も残されていると、磐音は思った。

「中居様、坂崎磐音も空也も関前藩と関わりなき人間。薩摩がなんと言うてこようと知らぬ存ぜぬで押し通してくだされ」

磐音の言葉に中居半蔵が返事を失っていた。

関前藩六万石と薩摩藩七十二万八千七百石とでは、国力において、比較にもならない差があった。

「磐音、呼び戻せぬか」

「空也が熟慮し、それがしが許したことです。空也の生死は、運命に従うしかございますまい」

「それでよいのか」

「剣術家とはなんとも理不尽《りふじん》な人間にございます」

「関前藩は、手出しはできぬ」

中居半蔵が敢然と言った。

「それが望みにございます」

磐音は、おこんと睦月を呼び寄せると、見送りの人々に一礼し、山百合が咲く峠道から臼杵へと黙々と下り始めた。すべてはこの峠から始まったのだ。

(空也、運命《さだめ》に正面から立ち向かえ)

胸の中で磐音は叫んでいた。


同じ刻限、木刀と道中嚢を背に負った坂崎空也は、日向国延岡《のべおか》城を見上げたあと、五ヶ瀬川《ごせがわ》の流れに眼を移したところだった。

半裸の男衆が集い、清流をせき止める作業をしていた。

「なにをしているのであろうか」

一晩じゅう日向道を歩いてきた空也が呟いた。

空也のかたわらで遊行僧《ゆぎょう》と思える老師が、同じように川のせき止め作業を見ていたが、

「五ヶ瀬川の鮎は天下一品でしてな、あゆの仕掛け、やな作業の下拵《したごしら》えをしておるのです」

と教えてくれた。

遊行僧は、世を捨てて、流浪する聖である。

長年の遊行と放浪に疲れたか、痩せた五体に死が取《と》り憑《つ》いているのが空也にも分かった。それでも日に焼け、皺《しわ》の深く刻まれた顔から爽《さわ》やかな達観が漂っていた。

「おお、鮎の仕掛けですか。旅には出てみるものですね」

と答える若い声に、色褪《いろあ》せた墨染めの衣に破れ笠の老僧が空也の顔を見て、

「延岡城下に御用か」

「いえ、武者修行です」

(このご時世に武者修行をなす者がいたか)

遊行僧は内心驚いた。そして、質した。

「おいくつかな」

と尋ねた。

「十六です」

空也のよどみない返答に対し、老僧の口からしばし応じる言葉はなかった。黙考していた僧が意を決したように問い質した。

「名を聞いてよいか」

「空也です、坂崎空也です」

遊行僧の顔に静かな驚きが広がった。

(なんと、空也とは)

平安中期に市《いち》の聖《ひじり》と称される空也なる僧がいた。

空也念仏の祖である。

この若者は空也上人と同じ名を持っていた。もう何十年も路上の暮らしをしてきた老僧にとって、空也上人はただ一人の「師」であった。

遊行僧は死期が迫っていることを承知していた。その最後の旅に空也なる名の若い武者修行者に出会った。

（なんたる奇遇か）

「御坊は長年、旅の空の下で修行なされてきたのですね」

「三十七年余、この空がわが屋根でありました」

「晴れた日ばかりではございますまい。風雨《ふうう》雪嵐《せつらん》、そのようなもとでも修行を続けられたのですね」

「遊行とはそのようなものです」

この瞬間、死と生が交わっていることを老僧は感得していた。

「三十七年ですか、私の大先達です」

空也が尊敬の念で遊行僧を見た。

「どちらに向かわれます」

「薩摩を目指します」

空也は一片の迷いも逡巡《しゅんじゅん》もなく答えた。そして、遊行僧に一礼すると、薩摩国の国境牛《うし》ノ峠《とうげ》を目指し、再び歩き出した。

（なんと薩摩とは）

修行を始めたばかりの若者の後ろ姿に、遊行僧は声をかけようかどうか迷った。

だが、真っ直ぐに伸びた背筋と大地を踏みしめる敢然とした足どりを見て、やめた。

正面からぶつかり、打ちのめされる。若さゆえ許される特権だ。

遊行の極みは、僧も士《さむらい》も変わらない。その心は、

（捨ててこそ）

空也上人の言葉を無言裡にその背に手向けた。

坂崎空也は、遊行僧の想いも知らず南に向かった。

行く手に未だ見ぬ薩摩国があった。

寛政七年夏、空也の旅は始まったばかりだ。

居眠り磐音　完結

あとがき

『居眠り磐音 江戸双紙』五十一巻を書き終えた二月《ふたつき》前、なんの感慨もなかった。だが、初校の校正を済ませたとき、

「やはり終わったんだ」

という感慨が胸の奥からじんわりと滲み出てきた。

磐音とともに旅した十五年であった。幸せで多忙で充実した歳月であったと思う。

坂崎磐音とは何者か。

第一巻の『陽炎ノ辻』の冒頭第一章は元々短編であった、と幾たびか書いてきた。悲劇のままに終わるその短編をなんとか再生の物語に、希望の読み物にしたいと考えた。

ご時世がご時世だ。先行きが不安の時代だ、家庭内で家長たる男性の存在が希薄、いや、そもそも居場所すらない時代だ。最近のコミックの世界では「親父」不在の家族構成が多いと聞いた。「巨人の星」の星飛雄馬の父、星一徹の如き父親像など前世紀の遺物だ。

作者は男性復権などとは小指の先ほども考えたことはなかった。ただ「無」に落ちた磐音の生き方を描きたかっただけだ。そこで失《な》くしたもののかけらを拾い集める旅をさせた。

その瞬間から坂崎磐音が作者の思惑を超えて動き出した。

シリーズをスタートして四、五年経った頃か、「五十巻」を目標にという大風呂敷を広げた。すると磐音が作者の願いに応えて動き出した。あとは哀しみも喜びも苦しみもともに分かち合う日々であった。出会いがあり、別れがあった。五十一巻の総登場人物は一体何人になるのであろう。何百人か、何千人か。

『居眠り磐音』を何度も読み返したという読者の方から手紙を頂戴する。翻って作者は、通読したことがない。読者諸氏の方が物語を、磐音を、おこんを、奈緒をよく承知しておられる。

物語に決着をつけた今こそ、作者も磐音の半生を振り返ろうか。それは作者の七十代前半から五十代後半を振り返る旅でもある。怖いような楽しみなような、なんとも不思議な気分だ。

しかし、今はしばらく「空」なる時を持ちたいと思う。

『居眠り磐音　江戸双紙』をご愛読くださった皆々様、坂崎磐音とともにこの歳月を共有して頂き、真に有難うございました。五十一巻の長編を成し遂げられたのは、偏に読者諸氏の温かい支持応援のお蔭です。深謝の念とともに惜別の辞といたします。

平成二十七年（二〇一五）十一月　熱海にて

佐伯泰英

決定版「居眠り磐音」五十一巻完結　あとがき

来年早々には満八十歳を迎える。昨年（二〇二〇）末、事務所を整理していた娘から、

「お父さんたち、よくこれで生きてこられたわね」

と驚きの電話があった。

「なんのことだ」

「古い、と言っても一九九九年のよ、貯金通帳が出てきたのよ。残高六万四千いくらかよ。これで暮らしていたの」

「おお、家賃払ったらいつもそんなものだったな」

その当時、ノベルス版でかろうじて出版してくれていたのは祥伝社のみ、その出版社から新作の注文を断たれて、致し方なく時代小説に手をつけることになった。むろん注文があってのことではない。

「物書きなんて大半がそんな実入りよ。自分が好きで選んだ道だからな」と答えたものの、当時は五十代半ばを過ぎて売れない物書きの暮らしに私自身がうんざりしていた。

ちょうどそんな折、文庫書下ろしなる出版形態が売れない作家と中堅の出版社の間で流行り始めていた。雑誌掲載なし、ハードカバー化なしの「文庫書下ろし」なる一発勝負にかけるしかなかった。

決定版「居眠り磐音」のオリジナルとなった双葉社版の「居眠り磐音　江戸双紙」もその一つだった。刊行開始が二〇〇二年の春だ。執筆時期はおそらく娘が驚いた貯金通帳の残高の時代だ。

第一巻の「陽炎ノ辻」は活字化されていなかった短編を冒頭に利用した。というのも三人の友が殺し合う悲劇のまま放置しておくのは忍び難く、今は亡きフリーの編集者梶原直樹君に相談した。すると、双葉社の文芸担当米田光良氏が関心を示しているというので梶原君の口利きで新宿の喫茶店で会った。三者の打ち合わせが何回か重ねられて、「居眠り磐音　江戸双紙　陽炎ノ辻」が誕生することになった。だれもが期待したわけではなく筆者自身も「初版」で終わりを覚悟していた、シリーズ化など夢のまた夢だった。だが、初版二万五千部の第一巻がそこそこに売れるという嬉しい「誤算」もあり、またNHKの連続ドラマ化もあって、物語とドラマのおっかけっこが十年近くも続いた。それにしても累計部数二千万部越えの五十一巻の長大なシリーズになるなんて、どこのどなたが想像したろう。むろん筆者の私自身も……。なにしろ家賃を支払えば数万円の残高しか残らない暮らしだ。しゃにむに執筆するしか生き残る方策はなかった。貧乏が書かせたともいえる。一年に四、五冊刊行した時期もあったのではないか。新作を書く折、既刊を読み返す暇もなくひたすら「前へ前へ」と書き継いで五十一巻「旅立ノ朝」で完結した。

二〇一六年の正月だ。

早書きして通読することもなかったシリーズを決定版として編み直したいとの想いに作者は駆られていた。またこの磐音の物語を第三者の視点で見直したいと筆者は願望していた。それは版元を変えるという得手勝手で無謀な試みだった。

出版不況のただ中にあり、そんな最中に受け止めてくれるところがあるかどうか、確信はなかったが、幸運にも文春文庫が引き受けてくれた。それも編集者、校閲者、イラストレーター、デザイナーとチームを組んでの三年間もの大仕事となった。

双葉社版での「居眠り磐音 江戸双紙」といい、決定版「居眠り磐音」といい、なんとも運のいい長編シリーズだ。かくて決定版「居眠り磐音」の完結のあとがきまで書くという幸運に恵まれた。

そんなわけで坂崎磐音との付き合いは二十年に及ぶ。

今回、決定版完結の後、新シリーズ「照降町四季《てりふりちょうのしき》」の「初詣で」、「己丑《きちゆう》の大火」、「梅花下駄《ばいか》」、そして「一夜《ひとよ》の夢」の四か月連続刊行を挟んで、五番勝負で中断していた「空也十番勝負」の決定版の刊行を今年いっぱい続け、来春からは六番勝負から新作に挑むことになった。坂崎磐音、空也親子二代の物語になる。この先、どう展開進展するのか、坂崎磐音の「死」が先か、筆者の想像力の枯渇が、死が早いか。

主人公磐音の決まり文句、

「すべて天の運命《さだめ》」

と思っている。

決定版のあとがきに今ひとつ付け加えておこう。

これまで私は電子書籍に本式に手をつけたことはない。電子書籍と時代小説、「波長」が合わないのではと思っていたし、紙の活字本に愛着もあった。

時代小説文庫書下ろしを始めた二十年前、未だ書店さんがどんな町にも一軒や二軒はあった。それが今や半減している。都会はまだいい、地方になれば本屋さんのない町が増えてきた。そんな環境のなか、コロナ・ウィルスが世界じゅうに蔓延し、自由に出歩くのが不可能な世の中になった。そんな諸々の理由があって電子書籍に手を染めた。これまで時代小説を二百七十冊以上書いてきた。そのほぼ半分近くの百二十三冊を一気に電子書籍化することにした。それもこれも決定版「居眠り磐音」の五十一巻完結があってのことだ。

コロナ禍のなかで本を読む人が増えているのではないかと出版界に関わる複数の人から聞いた。これまで多忙で書物に接する機会がなかった人がまた読書に戻ってきたとするならば、創作する側も老いの体に鞭打って踏ん張るしかあるまい。決定版「居眠り磐音」に携わって頂いたすべてのスタッフの方々に深く感謝する。

なによりこのシリーズを熱心に読んで支持して下された読者諸氏に感謝申し上

げる。
有難うございました。
「空也十番勝負」にてふたたびお会いしましょう。

令和三年（二〇二一）新春
熱海にて

佐伯泰英

本書は『居眠り磐音　江戸双紙　旅立ノ朝』（二〇一六年一月　双葉文庫刊）に
著者が加筆修正した「決定版」です。

編集協力　澤島優子
地図制作　木村弥世

文春文庫

旅《たび》立《だち》ノ朝《あした》
居眠《いねむ》り磐音《いわね》（五十一）決定版《けつていばん》

定価はカバーに表示してあります

2021年3月10日　第1刷

著　者　佐伯泰英《さえきやすひで》
発行者　花田朋子
発行所　株式会社　文藝春秋

東京都千代田区紀尾井町3-23　〒102-8008
TEL　03・3265・1211㈹
文藝春秋ホームページ　http://www.bunshun.co.jp

落丁、乱丁本は、お手数ですが小社製作部宛お送り下さい。送料小社負担でお取替致します。

印刷製本・凸版印刷
Printed in Japan
ISBN978-4-16-791664-0

居眠り磐音

友を討ったことをきっかけに江戸で浪人暮らしの坂崎磐音。隠しきれない育ちのよさとお人好しな性格で下町に馴染む一方、〝居眠り剣法〟で次々と襲いかかる試練と敵に立ち向かう！

居眠り磐音〈決定版〉

⑲ 梅雨ノ蝶 ばいうのちょう
⑳ 野分ノ灘 のわきのなだ
㉑ 鯖雲ノ城 さばぐものしろ
㉒ 荒海ノ津 あらうみのつ
㉓ 万両ノ雪 まんりょうのゆき
㉔ 朧夜ノ桜 ろうやのさくら
㉕ 白桐ノ夢 しろぎりのゆめ
㉖ 紅花ノ邨 べにばなのむら
㉗ 石榴ノ蠅 ざくろのはえ
㉘ 照葉ノ露 てりはのつゆ
㉙ 冬桜ノ雀 ふゆざくらのすずめ
㉚ 侘助ノ白 わびすけのしろ
㉛ 更衣ノ鷹 きさらぎのたか 上
㉜ 更衣ノ鷹 きさらぎのたか 下
㉝ 孤愁ノ春 こしゅうのはる
㉞ 尾張ノ夏 おわりのなつ
㉟ 姥捨ノ郷 うばすてのさと
㊱ 紀伊ノ変 きいのへん
㊲ 一矢ノ秋 いっしのとき
㊳ 東雲ノ空 しののめのそら
㊴ 秋思ノ人 しゅうしのひと
㊵ 春霞ノ乱 はるがすみのらん
㊶ 散華ノ刻 さんげのとき
㊷ 木槿ノ賦 むくげのふ
㊸ 徒然ノ冬 つれづれのふゆ
㊹ 湯島ノ罠 ゆしまのわな
㊺ 空蟬ノ念 うつせみのねん
㊻ 弓張ノ月 ゆみはりのつき
㊼ 失意ノ方 しついのかた
㊽ 白鶴ノ紅 はっかくのくれない
㊾ 意次ノ妄 おきつぐのもう
㊿ 竹屋ノ渡 たけやのわたし
(51) 旅立ノ朝 たびだちのあした

新・居眠り磐音

① 奈緒と磐音 なおといわね
② 武士の賦 もののふのふ
③ 初午祝言 はつうましゅうげん
④ おこん春暦 おこんはるごよみ
⑤ 幼なじみ おさななじみ

画＝横田美砂緒

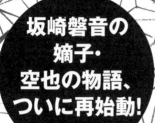

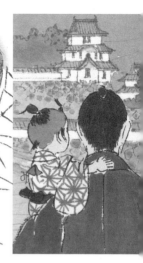